传世散文经典

关处

乡何

鲁迅 等著

郭雨 选编

中国华侨出版社

前　言

　　对于散文的理解，古今有所不同。在中国古代文学中，将凡是不押韵、不重排偶，与韵文和骈文有明显区别的散体文章，包括经传史书在内，统称为散文，后来这一概念又推广至诗歌以外的所有文学体裁。随着时代变迁，人们对散文的认识有所发展，再加上受西方文化的影响，在中国现代文学中，散文就逐渐演变为与诗歌、小说、戏剧并行的一种文学体裁。

　　散文作为一种文学形式，其历史悠远，发轫于先秦，历经秦汉、魏晋六朝、唐宋明清乃至现当代两千余年来的锤炼提升，弦歌不绝，优秀作品俯拾皆是，为恢宏庞大的中国文学史增添了无尽的色彩与魅力。

　　先秦散文造就了中国散文史上第一个黄金时期，诸子散文和史传散文作为其重要组成，对后世产生了极为深远的影响。两汉时期散文，在继承先秦散文的基础上取得了很高的成就，涌现出一大批优秀作家和作品。魏晋南北朝时期，在骈文的影响下，散文开始向讲究修辞方法、注重提高文学性方向迈进。唐代古文运动的兴起，一改六朝以来浮华绮靡的文风，提倡文以载道，使得散文逐渐取代了骈文的主流地位，对宋以及明清两代产生了重要影响。两宋散文，在欧阳修、苏轼等人倡导下，唐代古文运动精髓得以发扬继承。明代散文继续发展，特别是晚明小品的出现，成为中国散文史上的重大突破。清代散文在桐城派的引导之下大放异彩。民国以后，文学革命兴起白话文日渐普及，中国古典散文渐渐淡出人们的视野，白话散文亦即现代散文的时代到来了，其影响一直延续至今。

现代散文产生与发展的时代，与近代中国的民族民主革命相契合，具有鲜明的时代特征。这一时期，周氏兄弟、郁达夫、朱自清、林语堂等一大批优秀作家及作品的出现，使得中国散文的发展走向出现了重大转折。郁达夫曾指出："现代散文的最大特征，是每一个作家的每一篇散文里所表现出的个性，比以前的任何散文都来得强。"正是这种"个性"的彰显，令现代散文具有了划时代的意义。有学者指出："现代散文石破天惊般的辉煌发展与巨大业绩，是继先秦诸子百家争鸣之后，散文史上又一次思想、文体的大解放、大突破！"阅读和欣赏其中的经典名篇，不仅能够让人真实地感受到中国社会的变迁，更能深切体味到人生的真谛。散文向有美文之称，成年朋友可以从中获得美学的快乐，年轻朋友则更可从中学习、借鉴写作技巧。

基于此，我们编辑策划了这套"传世散文经典"丛书。

编者从中国现代散文作品中精选了数百篇佳作，按照爱情、友情、乡情等不同主题，分别成册，每册所收作品均按照作者年龄排序。希望我们为广大读者精心奉上的这席文学盛宴，能让大家一道超越时空，追寻这些文坛先贤的足迹，在体念他们的情怀、享受散文的优美之际，将博大精深的中华文化自觉地传承下去。

囿于水平所限，编选过程中难免有所缺漏，敬希读者批评指正。

目录 Contents

故乡　鲁迅　　　　　　　　　　　　　　001

从百草园到三味书屋　鲁迅　　　　　　　012

故乡的野菜　周作人　　　　　　　　　　017

乌篷船　周作人　　　　　　　　　　　　020

九年的家乡教育　胡适　　　　　　　　　023

我的家乡　白薇　　　　　　　　　　　　040

乡曲的狂言　许地山　　　　　　　　　　059

藕与莼菜　叶圣陶　　　　　　　　　　　062

绍兴东西　孙伏园　　　　　　　　　　　065

说乡情　林语堂　　　　　　　　　　　　068

还乡记　郁达夫　　　　　　　　　　　　071

还乡后记　郁达夫　　　　　　　　094

钓台的春昼　郁达夫　　　　　　106

乡情小札　曹靖华　　　　　　　115

梦痕　丰子恺　　　　　　　　　119

我是扬州人　朱自清　　　　　　125

想北平　老舍　　　　　　　　　131

故乡的风采　冰心　　　　　　　135

劫灰　冯沅君　　　　　　　　　140

旧家的火葬　夏衍　　　　　　　150

清河坊　俞平伯　　　　　　　　155

打橘子　俞平伯　　　　　　　　161

钓鱼——故乡随笔　鲁彦　　　167

故乡的杨梅　鲁彦　　　　　　　179

说笋之类 王任叔 184

归来 石评梅 190

我所生长的地方 沈从文 194

疲马恋旧秣，羁禽思故栖 梁实秋 199

中秋节 胡也频 208

桃园 施蛰存 217

小桥流水人家 谢冰莹 227

端午节 关露 229

故乡的山梨 李辉英 233

狮和龙 林默涵 236

北平漫笔 林海音 241

故乡

鲁迅

呜的响，从篷隙向外一望，苍黄的天底下，远近横着几个萧索的荒村，没有一些活气。我的心禁不住悲凉起来了。

阿！这不是我二十年来时时记得的故乡？

我所记得的故乡全不如此。我的故乡好得多了。但要我记起他的美丽，说出他的佳处来，却又没有影像，没有言辞了。仿佛也就如此。于是我自己解释说：故乡本也如此，——虽然没有进步，也未必有如我所感的悲凉，这只是我自己心情的改变罢了，因为我这次回乡，本没有什么好心绪。

我这次是专为了别他而来的。我们多年聚族而居的老屋，已经公同卖给别姓了，交屋的期限，只在本年，所以必须赶在正月初一以前，永别了熟识的老屋，而且远离了熟识的故乡，搬家到我在谋食的异地去。

第二日清早晨我到了我家的门口了。瓦楞上许多枯草的断茎当风抖着，正在说明这老屋难免易主的原因。几房的本家大约已经搬走了，所以很寂静。我到了自家的房外，我的母亲早已迎着出来了，接着便飞出了八岁的侄儿宏儿。

我的母亲很高兴，但也藏着许多凄凉的神情，教我坐下，歇息，喝茶，且不谈搬家的事。宏儿没有见过我，远远的对面站着只是看。

但我们终于谈到搬家的事。我说外间的寓所已经租定了，又买了几件家具，此外须将家里所有的木器卖去，再去增添。母亲也说好，而且行李也略已齐集，木器不便搬运的，也小半卖去了，只是收不起钱来。

"你休息一两天，去拜望亲戚本家一回，我们便可以走了。"母亲说。

"是的。"

"还有闰土，他每到我家来时，总问起你，很想见你一回面。我已经将你到家的大约日期通知他，他也许就要来了。"

这时候，我的脑里忽然闪出一幅神异的图画来：深蓝的天空中挂着一轮金黄的圆月，下面是海边的沙地，都种着一望无际的碧绿的西瓜，其间有一个十一二岁的少年，项带银圈，手捏一柄钢叉，向一匹猹尽力的刺去，那猹却将身一扭，反从他的胯下逃走了。

这少年便是闰土。我认识他时，也不过十多岁，离现在将有三十年了；那时我的父亲还在世，家景也好，我正是一个少爷。那一年，我家是一件大祭祀的值年。这祭祀，说是三十多年才能轮到一回，所以很郑重；正月里供祖像，供品很多，祭器很讲究，拜的人也很多，祭器也很要防偷去。我家只有一个忙月（我们这里给人做工的分三种：整年给一定人家做工的叫长工；按日给人做工的叫短工；自己也种地，只在过年过节以及收租时候来给一定的人家做工的称忙月），忙不过来，他便对父亲说，可以叫他的儿子闰土来管祭器的。

我的父亲允许了；我也很高兴，因为我早听到闰土这名字，而且知道他和我仿佛年纪，闰月生的，五行缺土，所以他的父亲叫他闰土。他是能装弶捉小鸟雀的。

我于是日日盼望新年，新年到，闰土也就到了。好容易到了年末，有一日，母亲告诉我，闰土来了，我便飞跑的去看。他正在厨房里，紫色的圆脸，头戴一顶小毡帽，颈上套一个明晃晃的银项圈，这可见他的父亲十分爱他，怕他死去，所以在神佛面前许下愿心，用圈子将他套住了。他见人很怕羞，只是不怕我，没有旁人的时候，便和我说话，于是不到半日，我们便熟识了。

我们那时候不知道谈些什么，只记得闰土很高兴，说是上城之后，见了许多没有见过的东西。

第二日，我便要他捕鸟。他说：

"这不能。须大雪下了才好。我们沙地上，下了雪，我扫出一块空地来，用短棒支起一个大竹匾，撒下秕谷，看鸟雀来吃时，我远远地将缚在棒上的绳子只一拉，那鸟雀就罩在竹匾下了。什么都有：稻鸡，角鸡，鹁鸪，蓝背……"

我于是又很盼望下雪。

闰土又对我说：

"现在太冷，你夏天到我们这里来。我们日里到海边检贝壳去，红的绿的都有，鬼见怕也有，观音手也有。晚上我和爹管西瓜去，你也去。"

"管贼么？"

"不是。走路的人口渴了摘一个瓜吃，我们这里是不算偷的。要管的是獾猪，刺猬，猹。月亮地下，你听，啦啦的响了，猹在咬瓜了。你便捏了胡叉，轻轻地走去……"

我那时并不知道这所谓猹的是怎么一件东西——便是现在也没有知道——只是无端的觉得状如小狗而很凶猛。

"他不咬人么？"

"有胡叉呢。走到了，看见猹了，你便刺。这畜生很伶俐，倒向你奔来，反从胯下窜了。他的皮毛是油一般的滑……"

我素不知道天下有这许多新鲜事：海边有如许五色的贝壳；西瓜有这样危险的经历，我先前单知道他在水果店里出卖罢了。

"我们沙地里，潮汛要来的时候，就有许多跳鱼儿只是跳，都是青蛙似的两个脚……"

阿！闰土的心里有无穷无尽的希奇的事，都是我往常的朋友所不知道的。他们不知道一些事，闰土在海边时，他们都和我一样只看见院子里高墙上的四角的天空。

可惜正月过去了，闰土须回家里去，我急得大哭，他也躲到厨房里，哭着不肯出门，但终于被他父亲带走了。他后来还托他的父亲带给我一包贝壳和几支很好看的鸟毛，我也曾送他一两次东西，但从此没有再见面。

现在我的母亲提起了他，我这儿时的记忆，忽而全都闪电似的苏生过来，似乎看到了我的美丽的故乡了。我应声说：

"这好极！他，——怎样？……"

"他？……他景况也很不如意……"母亲说着，便向房外看，"这些人又来了。说是买木器，顺手也就随便拿走的，我得去看看。"

母亲站起身，出去了。门外有几个女人的声音。我便招宏儿走近面前，和他闲话：问他可会写字，可愿意出门。

"我们坐火车去么？"

"我们坐火车去。"

"船呢？"

"先坐船……"

"哈！这模样了！胡子这么长了！"一种尖利的怪声突然大叫起来。

我吃了一吓，赶忙抬起头，却见一个凸颧骨，薄嘴唇，五十岁上下的女人站在我面前，两手搭在髀间，没有系裙，张着两脚，正像一个画图仪器里细脚伶仃的圆规。

我愕然了。

"不认识了么？我还抱过你咧！"

我愈加愕然了。幸而我的母亲也就进来，从旁说：

"他多年出门，统忘却了。你该记得罢，"便向着我说，"这是斜对门的杨二嫂，……开豆腐店的。"

哦，我记得了。我孩子时候，在斜对门的豆腐店里确乎终日坐着一个杨二嫂，人都叫伊"豆腐西施"。但是擦着白粉，颧骨没有这么高，嘴唇也没有这么薄，而且终日坐着，我也从没有见过这圆规式的姿势。那时人说：因为伊，这豆腐店的买卖非常好。但这大约因为年龄的关系，我却并未蒙着一毫感化，所以竟完全忘却了。然而圆规很不平，显出鄙夷的神色，仿佛嗤笑法国人不知道拿破仑，美国人不知道华盛顿似的，冷笑说：

"忘了？这真是贵人眼高……"

"那有这事……我……"我惶恐着，站起来说。

"那么，我对你说。迅哥儿，你阔了，搬动又笨重，你还要什么这些破烂木器，让我拿去罢。我们小户人家，用得着。"

"我并没有阔哩。我须卖了这些，再去……"

"阿呀呀，你放了道台了，还说不阔？你现在有三房姨太太；出门便是八抬的大轿，还说不阔？吓，什么都瞒不过我。"

我知道无话可说了，便闭了口，默默的站着。

"阿呀呀，真是愈有钱，便愈是一毫不肯放松，愈是一毫不肯放松，便愈有钱……"圆规一面愤愤的回转身，一面絮絮的说，慢慢向外走，顺便将我母亲的一副手套塞在裤腰里，出去了。

此后又有近处的本家和亲戚来访问我。我一面应酬，偷空便收拾些行李，这样的过了三四天。

一日是天气很冷的午后，我吃过午饭，坐着喝茶，觉得外面有人进来了，便回头去看。我看时，不由的非常出惊，慌忙站起身，迎着走去。

这来的便是闰土。虽然我一见便知道是闰土，但又不是我这记忆上的闰土了。他身材增加了一倍；先前的紫色的圆脸，已经变作灰黄，而且加上了很深的皱纹；眼睛也像他父亲一样，周围都肿得通红，这我知道，在海边种地的人，终日吹着海风，大抵是这样的。他头上是一顶破毡帽，身上只一件极薄的棉衣，浑身瑟索着；手里提着一个纸包和一支长烟管，那手也不是我所记得的红活圆实的手，却又粗又笨而且开裂，像是松树皮了。

我这时很兴奋，但不知道怎么说才好，只是说：

"阿！闰土哥，——你来了？……"

我接着便有许多话，想要连珠一般涌出：角鸡、跳鱼儿，贝壳，猹，……但又总觉得被什么挡着似的，单在脑里面回旋，吐不出口外去。

他站住了，脸上现出欢喜和凄凉的神情；动着嘴唇，却没有作声。他的态度终于恭敬起来了，分明的叫道：

"老爷……"

我似乎打了一个寒噤；我就知道，我们之间已经隔了一层可悲的厚障壁了。我也说不出话。

他回过头去说："水生，给老爷磕头。"便拖出躲在背后的孩子来，这正是一个廿年前的闰土，只是黄瘦些，颈子上没有银圈罢了。"这是第五个孩子，没有见过世面，躲躲闪闪……"

母亲和宏儿下楼来了，他们大约也听到了声音。

"老太太。信是早收到了。我实在喜欢的了不得，知道老爷回来……"闰土说。

"阿，你怎的这样客气起来。你们先前不是哥弟称呼么？还是照旧：迅哥儿。"母亲高兴的说。

"阿呀，老太太真是……这成什么规矩。那时是孩子，不懂事……"闰土说着，又叫水生上来打拱，那孩子却害羞，紧紧的只贴在他背后。

"他就是水生？第五个？都是生人，怕生也难怪的；还是宏儿和他去走走。"母亲说。

宏儿听得这话，便来招水生，水生却松松爽爽同他一路出去了。母亲叫闰土坐，他迟疑了一回，终于就了坐，将长烟管靠在桌旁，递过纸包来，说：

"冬天没有什么东西了。这一点干青豆倒是自家晒在那里的，请老爷……"

我问问他的景况。他只是摇头。

"非常难。第六个孩子也会帮忙了，却总是吃不够……又不太平……什么地方都要钱，没有规定……收成又坏。种出东西来，挑去卖，总要捐几回钱，折了本；不去卖，又只能烂掉……"

他只是摇头；脸上虽然刻着许多皱纹，却全然不动，仿佛石像一般。他大约只是觉得苦，却又形容不出，沉默了片时，便拿起烟管来默默的吸烟了。

母亲问他，知道他的家里事务忙，明天便得回去；又没有吃过午饭，便叫他自己到厨下炒饭吃去。

他出去了；母亲和我都叹息他的景况：多子，饥荒，苛税，兵，匪，官，绅，都苦得他像一个木偶人了。母亲对我说，凡是不必搬走的东西，尽可以送他，可以听他自己去拣择。

下午，他拣好了几件东西：两条长桌，四个椅子，一副香炉和烛台，一杆抬秤。他又要所有的草灰（我们这里煮饭是烧稻草的，那灰，可以做沙地的肥料），待我们启程的时候，他用船来载去。

夜间，我们又谈些闲天，都是无关紧要的话；第二天早晨，他就领了水生回去了。

又过了九日，是我们启程的日期。闰土早晨便到了，水生没有同来，却只带着一个五岁的女儿管船只。我们终日很忙碌，再没有谈天的工夫。来客也不少，有送行的，有拿东西的，有送行兼拿东西的。待到傍晚我们上船的时候，这老屋里的所有破旧大小粗细东西，已经一扫而空了。

我们的船向前走，两岸的青山在黄昏中，都装成了深黛颜色，连着退向船后梢去。

宏儿和我靠着船窗，同看外面模糊的风景，他忽然问道：

"大伯！我们什么时候回来？"

"回来？你怎么还没有走就想回来了。"

"可是，水生约我到他家玩去咧……"他睁着大的黑眼睛，痴痴的想。

我和母亲也都有些惘然，于是又提起闰土来。母亲说，那豆腐西施的杨二嫂，自从我家收拾行李以来，本是每日必到的，前天伊在灰堆里，掏出十多个碗碟来，议论之后，便定说是闰土埋着的，他可以在运灰的时候，一齐搬回家里去；杨二嫂发见了这件事，自己很以为功，便拿了那狗气杀（这是我们这里养鸡的器具，木盘上面有着栅栏，内盛食料，鸡可以伸进颈子去啄，狗却不能，只能看着气死），飞也似的跑了，亏伊装着这么高底的小脚，竟跑得这样快。

老屋离我愈远了；故乡的山水也都渐渐远离了我，但我却并不感到怎样的留恋。我只觉得我四面有看不见的高墙，将我隔成孤身，使我非常气闷；那西瓜地上的银项圈的小英雄的影像，我本来十分清楚，现在却忽地模糊了，又使我非常的悲哀。

母亲和宏儿都睡着了。

我躺着，听船底潺潺的水声，知道我在走我的路。我想：我竟与闰土隔绝到这地步了，但我们的后辈还是一气，宏儿不是正在想念水生么。我希望他们不再像我，又大家隔膜起来……然而我又不愿意他们因为要一气，都如我的辛苦展转而生活，也不愿意他们都如闰土的辛苦麻木而生活，也不愿意都如别人的辛苦恣睢而生活。他们应该有新的生活，为我们所未经生活过的。

我想到希望，忽然害怕起来了。闰土要香炉和烛台的时候，我还暗地里笑他，以为他总是崇拜偶像，什么时候都不忘却。现在我所谓希望，不也是我自己手制的偶像么？只是他的愿望切近，我的愿望茫远罢了。

我在朦胧中，眼前展开一片海边碧绿的沙地来，上面深蓝的天空中挂着一轮金黄的圆月。我想：希望是本无所谓有，无所谓无的。这正如地上的路；其实地上本没有路，走的人多了，也便成了路。

一九二一年一月

从百草园到三味书屋

鲁迅

我家的后面有一个很大的园，相传叫作百草园。现在是早已并屋子一起卖给朱文公的子孙了，连那最末次的相见也已经隔了七八年，其中似乎确凿只有一些野草；但那时却是我的乐园。

不必说碧绿的菜畦，光滑的石井栏，高大的皂荚树，紫红的桑葚；也不必说鸣蝉在树叶里长吟，肥胖的黄蜂伏在菜花上，轻捷的叫天子（云雀）忽然从草间直窜向云霄里去了。单是周围的短短的泥墙根一带，就有无限趣味。油蛉在这里低唱，蟋蟀们在这里弹琴。翻开断砖来，有时会遇见蜈蚣；还有斑蝥，倘若用手指按住它的脊梁，便会啪的一声，从后窍喷出一阵烟雾。何首乌藤和木莲藤缠络着，木莲有莲房一般的果实，何首乌有臃肿的根。有人说，何首乌根是有像人形的，吃了便可以成仙，我于是常常拔它起来，牵连不断地拔起来，也曾因此弄坏了泥墙，却从来没有见过有一块根像人样。如果不怕刺，还可以摘到覆盆子，像小珊瑚珠攒成的小球，又酸又甜，色味都比桑葚要好得远。

长的草里是不去的，因为相传这园里有一条很大的赤练蛇。

长妈妈曾经讲给我一个故事听：先前，有一个读书人住在古庙里用功，晚间，在院子里纳凉的时候，突然听到有人在叫他。答应着，四面看时，却见一个美女的脸露在墙头上，向他一笑，隐去了。他很高兴；但竟给那走来夜谈的老和尚识破了机关。说他脸上有些妖气，一定遇见"美女蛇"了；这是人首蛇身的怪物，能唤人名，倘一答应，夜间便要来吃这人的肉的。他自然吓得要死，而那老和尚却道无妨，给他一个小盒子，说只要放在枕边，便可高枕而卧。他虽然照样办，却总是睡不着，当然睡不着的。到半夜，果然来了，沙沙沙！门外像是风雨声，他正抖作一团时，却听得豁的一声，一道金光从枕边飞出，外面便什么声音也没有了，那金光也就飞回来，敛在盒子里。后来呢？后来，老和尚说，这是飞蜈蚣，它能吸蛇的脑髓，美女蛇就被它治死了。

结末的教训是：所以倘有陌生的声音叫你的名字，你万不可答应他。

这故事很使我觉得做人之险，夏夜乘凉，往往有些担心，不敢去看墙上，而且极想得到一盒老和尚那样的飞蜈蚣。走到百草园的草丛旁边时，也常常这样想。但直到现在，总还没有得到，但也没有遇见过赤练蛇和美女蛇。叫我名字的陌生声音自然是常有的，然而都不是美女蛇。

冬天的百草园比较的无味；雪一下，可就两样了。拍雪人（将自己的全形印在雪上）和塑雪罗汉。需要人们鉴赏，这是荒园，人迹罕至，所以不相宜，只好来捕鸟。薄薄的雪，是不行的；总须积雪盖了地面一两天，鸟雀们久已无处觅食的时候才好。扫开一块雪，露出地面，用一枝短棒支起一面大的竹筛来，下面撒些秕谷，棒上系一条长绳，人远远地牵着，看鸟雀下来啄食，走到竹筛底下的时候，将绳子一拉，便罩住了。但所得的是麻雀居多，也有白颊的"张飞鸟"，性子很躁，养不过夜的。

这是闰土的父亲所传授的方法，我却不大能用。明明见它们进去了，拉了绳，跑去一看，却什么都没有，费了半天力，捉住的不过三四只。闰土的父亲是小半天便能捕获几十只，装在叉袋里叫着撞着的。我曾经问他得失的缘由，他只静静地笑道：你太性急，来不及等它走到中间去。

我不知道为什么家里的人要将我送进书塾里去了，而且还是全城中称为最严厉的书塾。也许是因为拔何首乌毁了泥墙罢，也许是因为将砖头抛到间壁的梁家去了罢，也许是因为站在石井栏上跳了下来罢……都无从知道。总而言之：我将不能常到百草园了。Ade，我的蟋蟀们！Ade，我的覆盆子们和木莲们！

出门向东，不上半里，走过一道石桥，便是我的先生的家了。

从一扇黑油的竹门进去，第三间是书房。中间挂着一块匾道：三味书屋；匾下面是一幅画，画着一只很肥大的梅花鹿伏在古树下。没有孔子牌位，我们便对着那匾和鹿行礼。第一次算是拜孔子，第二次算是拜先生。

第二次行礼时，先生便和蔼地在一旁答礼。他是一个高而瘦的老人，须发都花白了，还戴着大眼镜。我对他很恭敬，因为我早听到，他是本城中极方正，质朴，博学的人。

不知从那里听来的，东方朔也很渊博，他认识一种虫，名曰"怪哉"，冤气所化，用酒一浇，就消释了。我很想详细地知道这故事，但阿长是不知道的，因为她毕竟不渊博。现在得到机会了，可以问先生。

"先生，'怪哉'这虫，是怎么一回事？……"我上了生书，将要退下来的时候，赶忙问。

"不知道！"他似乎很不高兴，脸上还有怒色了。

我才知道做学生是不应该问这些事的，只要读书，因为他是渊博的宿儒，决不至于不知道，所谓不知道者，乃是不愿意说。年纪比我大的人，往往如此，我遇见过好几回了。

我就只读书，正午习字，晚上对课。先生最初这几天对我很严厉，后来却好起来了，不过给我读的书渐渐加多，对课也渐渐地加上字去，从三言到五言，终于到七言。

三味书屋后面也有一个园，虽然小，但在那里也可以爬上花坛去折蜡梅花，在地上或桂花树上寻蝉蜕。最好的工作是捉了苍蝇喂蚂蚁，静悄悄地没有声音。然而同窗们到园里的太多，太久，可就不行了，先生在书房里便大叫起来：

“人都到那里去了！”

人们便一个一个陆续走回去；一同回去，也不行的。他有一条戒尺，但是不常用，也有罚跪的规则，但也不常用，普通总不过瞪几眼，大声道：

“读书！”

于是大家放开喉咙读一阵书，真是人声鼎沸。有念“仁远乎哉我欲仁斯仁至矣”的，有念“笑人齿缺曰狗窦大开”的，有念“上九潜龙勿用”的，有念“厥土下上上错厥贡苞茅橘柚”的……先生自己也念书。后来，我们的声音便低下去，静下去了，只有他还大声朗读着：

“铁如意，指挥倜傥，一坐皆惊呢；金叵罗，颠倒淋漓噫，千杯未醉嗬……”

我疑心这是极好的文章，因为读到这里，他总是微笑起来，而且将头仰起，摇着，向后拗过去，拗过去。

先生读书入神的时候，于我们是很相宜的。有几个便用纸糊的盔甲套在指甲上做戏。我是画画儿，用一种叫作“荆川纸”的，蒙在小说的绣像上一个个描下来，像习字时候的影写一样。读的书多起来，画的画也多起来；书没有读成，画的成绩却不少了，最成片段的是《荡寇志》和《西游记》的绣像，都有一大本。后来，为要钱用，卖给一个有钱的同窗了。他的父亲是开锡箔店的；听说现在自己已经做了店主，而且快要升到绅士的地位了。这东西早已没有了吧。

九月十八日

故乡的野菜

周作人

　　我的故乡不止一个，凡我住过的地方都是故乡。故乡对于我并没有什么特别的情分，只因钓于斯游于斯的关系，朝夕会面，遂成相识，正如乡村里的邻舍一样，虽然不是亲属，别后有时也要想念到他。我在浙东住过十几年，南京东京都住过六年，这都是我的故乡，现在住在北京，于是北京就成了我的家乡了。

　　日前我的妻往西单市场买菜回来，说起有荠菜在那里卖着，我便想起浙东的事来。荠菜是浙东人春天常吃的野菜，乡间不必说，就是城里只要有后园的人家都可以随时采食，妇女小儿各拿一把剪刀一只"苗篮"，蹲在地上搜寻，是一种有趣味的游戏的工作。那时小孩们唱道："荠菜马兰头，姊姊嫁在后门头。"后来马兰头有乡人拿来进城售卖了，但荠菜还是一种野菜，须得自家去采。关于荠菜向来颇有风雅的传说，不过这似乎以吴地为主。《西湖游览志》云："三月三日男女皆戴齐菜花。谚云：三春戴荠花，桃李羞繁华。"顾禄的《清嘉录》上亦说，"荠菜花俗呼野菜花，因谚有三月三蚂蚁上灶山之语，三日人家皆以野菜花置灶陉上，以厌虫蚁。侵晨村童叫卖不绝。或妇女簪髻上以祈清目，俗号眼亮花。"但浙东人却不很理会这些事情，只是挑来做菜或炒年糕吃罢了。

黄花麦果通称鼠曲草，系菊科植物，叶小微圆互生，表面有白毛，花黄色，簇生梢头。春天采嫩叶，捣烂去汁，和粉作糕，称黄花麦果糕。小孩们有歌赞美之云：黄花麦果韧结结，关得大门自要吃，半块拿弗出，一块自要吃。

清明前后扫墓时，有些人家——大约是保存古风的人家——用黄花麦果作供，但不作饼状，做成小颗如指顶大，或细条如小指，以五六个作一攒，名曰茧果，不知是什么意思，或因蚕上山时设祭，也用这种食品，故有是称，亦未可知。自从十二三岁时外出不参与外祖家扫墓以后，不复见过茧果，近来住在北京，也不再见黄花麦果的影子了。日本称作"御形"，与齐菜同为春天的七草之一，也采来做点心用，状如艾饺，名曰"草饼"，春分前后多食之，在北京也有，但是吃去总是日本风味，不复是儿时的黄花麦果糕了。

扫墓时候所常吃的还有一种野菜，俗称草紫，通称紫云英。农人在收获后，播种田内，用作肥料，是一种很被贱视的植物，但采取嫩茎瀹食，味颇鲜美，似豌豆苗。花紫红色，数十亩接连不断，一片锦绣，如铺着华美的地毯，非常好看，而且花朵状若蝴蝶，又如鸡雏，尤为小孩所喜，间有白色的花，相传可以治痢。很是珍重，但不易得。日本《俳句大辞典》云："此草与蒲公英同是习见的东西，从幼年时代便已熟识。在女人里边，不曾采过紫云英的人，恐未必有罢。"中国古来没有花环，但紫云英的花球却是小孩常玩的东西，这一层我还替那些小人们欣幸的。浙东扫墓用鼓吹，所以少年常随了乐音去看"上坟船里的姣姣"；没有钱的人家虽没有鼓吹，但是船头上篷窗下总露出些紫云英和杜鹃的花束，这也就是上坟船的确实的证据了。

乌篷船

周作人

子荣君：

接到手书，知道你要到我的故乡去，叫我给你一点什么指导。老实说，我的故乡，真正觉得可怀恋的地方，并不是那里，但是因为在那里生长，住过十多年，究竟知道一点情形，所以写这一封信告诉你。

我所要告诉你的，并不是那里的风土人情，那是写不尽的，但是你到那里一看也就会明白的，不必哆唆地多讲。我要说的是一种很有趣的东西，这便是船。你在家乡平常总坐人力车，电车，或是汽车，但在我的故乡那里这些都没有，除了在城内或山上是用轿子以外，普通代步都是用船，船有两种，普通坐的都是"乌篷船"，白篷的大抵作航船用，坐夜航船到西陵去也有特别的风趣，但是你总不便坐，所以我也就可以不说了。乌篷船大的为"四明瓦"（Symenngoa），小的为脚划船（划读如uoa）亦称小船。但是最适用的还是在这中间的"三道"，亦即三明瓦。篷是半圆形的，用竹片编成，中央竹箬，上涂黑油；在两扇"定篷"之间放着一扇遮阳，也是半圆的，木作格子，嵌著一片片的小鱼鳞，径约一寸，颇有点透明，略似玻璃而坚韧耐用，这就称为明瓦。三明瓦者，谓其中舱有两道，后舱有一道明瓦也。船尾用橹，大抵两支，船首有竹篙，用以定船。船头着眉目，状如老虎，但似在微笑，颇滑稽而不可怕，唯白篷船则无之。三道船篷之高大约叮以使你直立，舱宽可放下一顶方桌，四个人坐着打马将——这个恐怕你也已学会了吧？小船则真是一叶扁舟，你坐在船底席上，篷顶离你的头有两三寸，你的两手可以搁在左右的舷上，还把手都露出在外边。在这种船里仿佛是在水面上坐，靠近田岸去时泥上便和你的眼鼻接近，而且遇着风浪，或是坐得少不小心，就会船底朝天，发生危险，但是也颇有趣味，是水乡的一种特色。不过你总可以不必去坐，最好还是坐那三道船罢。

你如坐船出去，可是不能象坐电车的那样性急，立刻盼望走至。倘若出城，走三四十里路（我们那里的里程是很短，一里才及英里三分之一），来日总要预备一天。你坐在船上，应该是游山的态度，看看四周物色，随处可见的山，岸旁的乌桕，河边的红蓼和白苹，渔舍，各式各样的桥，困倦的时候睡在舱中拿出随笔来看，或者冲一碗清茶喝喝。偏门外的鉴湖一带，贺家池，壶觞左近，我都是喜欢的，或者往娄公埠骑驴去游兰亭（但我劝你还是步行，骑驴或者于你不很相宜），到得暮色苍然的时候进城上都挂着薜荔的东门来，倒是颇有趣味的事。倘若路上不平静，你往杭州去时可下午开船，黄昏时候的景色正最好看，只可惜这一带地方的名字我都忘记了。夜间睡在舱中，听水声橹声，来往船只的招呼声，以及乡间的犬吠鸡鸣，也都很有意思。雇一只船到乡下去看庙戏，可以了解中国旧戏的真趣味，而且在船上行动自如，要看就看，要睡就睡，要喝酒就喝酒，我觉得也可以算是理想的行乐法。只可惜讲维新以来这些演剧与迎会都已禁止，中产阶级的低能人别在"布业会馆"等处建起"海式"的戏场来，请大家买票看上海的猫儿戏。这些地方你千万不要去。——你到我那故乡，恐怕没有一个人认得，我又因为在教书不能陪你去玩，坐夜船，谈闲天，实在抱歉而且惆怅。川岛君夫妇现在俋山下，本来可以给你绍介，但是你到那里的时候他们恐怕已经离开故乡了。初寒，善自珍重，不尽。

九年的家乡教育

胡适

　　我生在光绪十七年十一月十七日（一八九一年十二月十七），那时候我家寄住在上海大东门外。我生后两个月，我父亲被台湾巡抚邵友濂奏调往台湾；江苏巡抚奏请免调，没有效果。我父亲于十八年二月底到台湾，我母亲和我搬到川沙住了一年。十九年（一八九三）二月二十六日我们一家（我母，四叔介如，二哥，三哥）也从上海到台湾。我们在台南住了十个月。十九年五月，我父亲做台东直隶州知州，兼统镇海后军各营。台东是新设的州，一切草创，故我父不带家眷去。到十九年底，我们才到台东。我们在台东住了整一年。

甲午（一八九四）中日战事开始，台湾也在备战的区域，恰好介如四叔来台湾，我父亲便托他把家眷送回徽州故乡，保留二哥跟着他在台东。我们于乙未年（一八九五）正月离开台湾，二月初十日从上海起程回绩溪故乡。

那年四月，中日和议成，把台湾割让给日本。台湾绅民反对割台，要求巡抚唐景松坚守。唐景松请西洋各国出来干涉，各国不允。台人公请唐为台湾民主国大总统，帮办军务刘永福为主军大总统。我父亲在台东办后山的防务，电报已不通，饷源已断绝。那时他已得脚气病，左脚已不能行动，他守到闰五月初三日，始离开后山。到安平时，刘永福苦苦留他帮忙，不肯放行。到六月二十五日，他双脚都不能动了，刘永福始放他行。六月二十八到厦门，手足俱不能动了。七月初三日他死在厦门，成为东亚第一个民主国的第一个牺牲者！

这时候我只有三岁零八个月，我仿佛记得我父死信到家时，我母亲正在家中老屋的前堂，她坐在房门口的椅子上。她听见读信人读到我父亲的死信，身子往后一倒，连椅子倒在房门槛上。东边房门口坐的珍伯母也放声大哭起来，一时满屋都是哭声，我只觉得天地都翻覆了！我只仿佛记得这一点凄惨的情状，其余都不记得了。

我父亲死时，我母亲只有二十三岁。我父初娶冯氏，结婚不久便遭太平天国之乱，同治二年（一八六三）死在兵乱里。次娶曹氏，生了三个儿子，三个女儿，死于光绪四年（一八七八）。我父亲因家贫，又有志远游，故久不续娶。到光绪十五年（一八八九），他在江苏候补，生活稍稍安定，他才续娶我的母亲，我母亲结婚后三天，我的大哥也娶亲了。那时我的大姐已出嫁生了儿子。大姐比我母亲大七岁。大哥比她大两岁。二姐是从小抱给人家的。三姐比我母亲小三岁，二哥、三哥（孪生的）比她小四岁。这样一个家庭里忽然来了一个十七岁的后母，她的地位自然十分困难，她的生活自然免不了苦痛。

结婚后不久，我父亲把她接到了上海同住。她脱离了大家庭的痛苦，我父又很爱她，每日在百忙中教她认字读书，这几年的生活是很快乐的。我小时也很得我父亲钟爱，不满三岁时，他就把教我母亲的红纸方字教我认。父亲作教师，母亲便在旁作助教。我认的是生字。她便借此温她的熟字。他太忙时，她就是代理教师。

我们离开台湾时，她认得了近千字。我也认了七百多字，这些方字都是我父亲亲手写的楷字。我母亲终身保存着，因为这些方块红笺上都是我们三个人的最神圣的团居生活的记念。

我母亲二十三岁就做了寡妇，从此以后，又过了二十三年。这二十三年的生活真是十分苦痛的生活，只因为还有我这一点骨血，她含辛茹苦，把全副希望寄托在我的渺茫不可知的将来，这一点希望居然使她挣扎着活了二十三年。

我父亲在临死之前两个多月，写了几张遗嘱，我母亲和四个儿子每人各有一张，每张只有几句话。给我母亲的遗嘱上说儿（我的名子叫嗣，字音门）天资颇聪明，应该令他读书。给我的遗嘱也教我努力读书上进。这寥寥几句话在我的一生很有重大的影响。我十一岁的时候，二哥和三哥都在家，有一天我母亲问他们道："今年十一岁了。你老子叫他念书。你们看看他念书念得出吗？"二哥不曾开口，三哥冷笑道："哼，念书！"二哥始终没有说什么。我母亲忍气坐了一会，回到了房里才敢掉眼泪，她不敢得罪他们，因为一家的财政权全在二哥的手里，我若出门求学是要靠他供给学费的。所以她只能掉眼泪，终不敢哭。

但父亲的遗嘱究竟是父亲的遗嘱，我是应该念书的。况且我小时很聪明，四乡的人都知道三先生的小儿子是能够念书的。所以隔了两年，三哥往上海医肺病，我就跟他出门求学了。

我在台湾时，大病了半年，故身体很弱。回家乡时，我号称五岁了，还不能跨一个七八寸高的门槛。但我母亲望我念书的心很切，故到家的时候，我才满三岁零几个月，就在我四叔父介如先生（名机）的学堂里读书了。我的身体太小，他们抱我坐在一只高凳子上面。我坐上了就爬不下来，还要别人抱下来。但我在学堂并不算最低级的学生。因为我进学堂之前已认得近一千字了。

因为我的程度不算"破蒙"的学生，故我不须念《三字经》、《千字文》、《百家姓》、《神童诗》一类的书。我念的第一部书是我父亲自己编的一部四言韵文，叫做《学为人诗》，他亲笔抄写了给我的。这部书说的是做人的道理。我把开头几行抄在这里：为人之道，在率其性。子臣弟友，循理之正；谨乎庸言，勉乎庸行；以学为人，以期作圣。

以下分说五伦。最后三节，因为可以代表我父亲的思想。我也抄在这里：五常之中，不幸有变，名分攸关，不容稍紊。义之所在，身可以殉。求仁得仁，无所允怨。古之学者，察于人伦，因亲及亲，九族克敦；因爱推爱，万物同仁。能尽其性，斯为圣人。经籍所载，师儒所述，为人之道，非有他术；穷理致和，返躬践实，黾勉于学，守道勿失。

我念的第二部书也是我父亲编的一部四言韵文，名叫《原学》，是一部略述哲理的书。这两部书虽是韵文，先生仍讲不了，我也懂不了。我念的第三部书叫做《律诗六钞》，我不记得是谁选的了。三十多年来，我不曾重见这部书，故没有机会考出此书的编者；依我的猜测，似是姚鼐的选本，但我不敢坚持此说。这一册诗全是律诗，我读了虽不懂得，却背得很熟。至今回忆，却完全不记得了。

我虽不曾读《三字经》等书，却因为听惯了别的小孩子高声诵读，我也能背这些书的一部分，尤其是那五七言的《神童诗》，我差不多能从头背到底。这本书后面的七言句子，如人心曲曲湾湾水，世事重重叠叠山。

我当时虽不懂得其中的意义，却常常嘴上爱念着玩，大概也是因为喜欢那些重字双声的缘故。

我念的第四部书以下，除《诗经》，就都是散文的了。我依诵读的次序，把这些书名写在下面：

（4）《孝经》。

（5）朱子的《小学》，江永集注本。

（6）《论语》。以下四书皆用朱子注本。

（7）《孟子》。

（8）《大学》与《中庸》。（《四书》皆连注文读）

（9）《诗经》，朱子《集传》本。（注文读一部分）

（10）《书经》，蔡沈注本。（以下三书不读注文）

（11）《易经》，朱子《本义》本。

（12）《礼记》。

读到了《论语》的下半部，我的四叔父介如先生选了颍州府阜阳县的训导，要上任去了，就把家塾移交给族兄禹臣先生（名观象）。四叔是个绅董，常常被本族或外村请出去议事或和案子；他又喜欢打纸牌（徽州纸牌，每副一百五十五张），常常被明达叔公，映基叔，祝封叔，茂张叔等人邀出去打牌。所以我们的功课很松，四叔往往在出门之前，给我们"上一进书"，叫我们自己念；他到天将黑时，回来一趟，把我们的习字纸加了圈，放了学，才又出门去。

四叔的学堂里只有两个学生，一个是我，一个是四叔的儿子嗣秌，比我大几岁。嗣秌承继给瑜婶。（星五伯公的二子，珍伯，瑜叔，皆无子，我家三哥承继珍伯，秌哥承继瑜婶。）她很溺爱他，不肯管束他，故四叔一走开，秌哥就溜到灶下或后堂去玩了。（他们和四叔住一屋，学堂在这屋的东边小屋内。）我的母亲管的严厉，我又不大觉得念书是苦事，故我一个人坐在学堂里温书念书，到天黑才回家。禹臣先生接收家塾后，学生就增多了。先是五个，后来添到十多个，四叔家的小屋不够用了，就移到一所大屋——名叫来新书屋——里去。最初添的三个学生，有两个是守港叔的儿子，嗣昭，嗣逮。嗣昭比我大两三岁。天资不算笨，却不爱读书，最爱"逃学"，我们土话叫做"赖学"。他逃出去，往往躲在麦田或稻田里，宁可睡在田里挨饿，却不愿念书。先生往往差嗣秌去捉；有时候，嗣昭被捉回来了，总得挨一顿毒打；有时候，连嗣秌也不回来了，——乐得不回来了，因为这是"奉命差遣"，不算是逃学！我常觉得奇怪，为什么嗣昭要逃学？为什么一个人情愿挨饿、挨打，挨大家笑骂，而不情愿念书？后来我稍懂得世事，才明白了。港叔自小在江西做生意，后来在九江开布店，才娶妻生子；一家人都说江西话。回家乡时，嗣昭弟兄都不容易改口音；说话改了，而嗣昭念书常带江西音，常常因此吃戒方或吃"作瘤栗"。（钩起五指，打在头上，常打起瘤子，故叫做"作瘤栗"。）这是先生不原谅，难怪他不愿念书。

还有一个原因。我们家乡的蒙馆学金太轻，每个学生每年只送两块银元。先生对于这一类学生，自然不肯耐心教书，每天只教他们念死书，背死书，从来不肯为他们"讲书"。小学生初念有韵的书，也还不十分叫苦。后来念《幼学琼林》、《四书》一类的散文，他们自然毫不觉得有趣味，因为全不懂得书中说的是什么。因为这个缘故，许多学生常常赖学；先有嗣昭，后来有个士祥，都是有名的"赖学胚"。他们都属于这每年两元钱的阶级。因为逃学，先生生了气，打的更利害。越打的利害，他们越要逃学。

我一个人不属于这"两元"的阶级。我母亲渴望我读书，故学金特别优厚，第一年就送六块钱，以后每年增加，最后一年加到十二元，这样的学金，在家乡要算"打破纪录"的了。我母亲大概是受了我父亲的叮嘱，她嘱托四叔和禹臣先生为我"讲书"：每读一字，须讲一字的意思；每读一句，须讲一句的意思。我先已认得了近千个"方字"；每个字都经过父亲的讲解，故进学堂之后，不觉得艰苦。念的几本书虽然有许多是乡里先生讲不明白的，但每天总遇着几句可懂的话。我最喜欢朱子《小学》里的记述古人行事的部分，因为那些部分最容易懂得，所以比较最有趣味。同学之中有念《幼学琼林》的，我常常帮他们的忙，教他们不认得的生字，因此常常借这些书看；他们念大字，我却最爱看《幼学琼林》的小注，因为注文中有许多神话和故事，比《四书》、《五经》有趣味多了。

有一天，一件小事使我忽然明白我母亲增加学金的大恩惠。一个同学的母亲来请禹臣先生代写家信给她的丈夫；信写成了，先生交她的儿子晚上带回家去。一会儿，先生出门去了，这位同学把家信抽出来偷看。他忽然过来问我道："，这信上第一句'父亲大人膝下'是什么意思？"他比我只小一岁，也念《四书》，却不懂"父亲大人膝下"是什么！这时候，我才明白我是一个受特别待遇的人，因为别人每年出两块钱，我去年却送十块钱。我一生最得力的是讲书，父亲母亲为我讲方字，两位先生为我讲书。念古文而不讲解，等于念"揭谛揭谛，波罗揭谛"，全无用处。

当我九岁时，有一天我在四叔家东边小屋里玩耍。这小屋前面是我们的学堂，后边有一间卧房，有客来便住在这里。这一天没有课，我偶然走进那卧房里去，偶然看见桌子下一只美孚煤油板箱里的废纸堆中露出一本破书。我偶然捡起了这本书，两头都被老鼠咬坏了，书面也扯破了，但这一本破书忽然为我开辟了一个新天地，忽然在我的儿童生活史上打开了一个新鲜的世界！

这本破书原来是一本小字木板的《第五才子》，我记得很清楚，开始便是"李逵打死殷天锡"一回。我在戏台上早已认得李逵是谁了，便站在那只美孚破板箱边。这本《水浒传》残本一口气看完了。不看尚可，看了之后，我的心里很不好过：这一本的前面是些什么？后面是些什么？这两个问题，我都不能回答，却最急要一个回答。

我拿了这本书去寻我的五叔。因为他最会"说笑话"（"说笑话"就是"讲故事"，小说书叫做"笑话书"），应该有这种笑话书。不料五叔竟没有这书，他叫我去寻宋焕哥。宋焕哥说："我没有《第五才子》，我替你去借一部；我家中有部《第一才子》，你先拿去看，好吗？"《第一才子》便是《三国演义》，他很郑重的捧出来，我很高兴的捧回去。

后来我居然得着《水浒传》全部。《三国演义》也看完了。从此以后，我到处去借小说看。五叔，宋焕哥，都帮了我不少的忙。三姐夫（周绍瑾）在上海乡间周浦开店，他吸鸦片烟，最爱看小说书，带了不少回家乡；他每到我家来，总带些《正德皇帝下江南》、《七剑十三侠》一类的书来送给我。这是我自己收藏小说的起点。我的大哥（嗣稼）最不长进，也是吃鸦片烟的，但鸦片烟灯是和小说书常作伴的，——五叔，宋焕哥，三姐夫都是吸鸦片烟的，——所以他也有一些小说书。大嫂认得一些字，嫁妆里带来了好几种弹词小说，如《双珠凤》之类。这些书不久都成了我的藏书的一部分。三哥在家乡时多；他同二哥都进过梅溪书院，都做过南洋公学的师范生，旧学都有根底，故三哥看小说很有选择。我在他书架上只寻得三部小说：一部《红楼梦》，一部《儒林外史》，一部《聊斋志异》。二哥有一次回家，带了一部新译出的《经国美谈》，讲的是希腊的爱国志士的故事，是日本人做的。这是我读外国小说的第一步。

帮助我借小说最出力的是族叔近仁，就是民国十二年和顾颉刚先生讨论古史的胡堇人。他比我大几岁，已"开笔"做文章了，十几岁就考取了秀才。我同他不同学堂，但常常相见。成了最要好的朋友。他天才很高，也肯用功，读书比我多，家中也颇有藏书。他看过的小说，常借给我看。我借到的小说，也常借给他看。我们两人各有一个小手折，把看过的小说都记在上面，时时交换比较，看谁看的书多，这两个折子后来都不见了。但我记得离开家乡时，我的折子上好像已有了三十多部小说了。

这里所谓"小说"，包括弹词，传奇，以及笔记小说在内。《双珠凤》在内，《琵琶记》也在内；《聊斋》、《夜雨秋灯录》、《夜谭随笔》、《兰苕馆外史》、《寄园寄所寄》、《虞初新志》等等也在内。从《薛仁贵征东》、《薛丁山征西》、《五虎平西》、《粉妆楼》一类最无意义的小说，到《红楼梦》和《儒林外史》一类的第一流作品，这里面的程度已是天悬地隔了。我到离开家乡时，还不能了解《红楼梦》和《儒林外史》的好处。但这一大类都是白话小说，我在不知不觉之中得了不少的白话散文的训练，在十几年后于我很有用处。

看小说还有一桩绝大的好处，就是帮助我把文字通顺了。那时候正是废八股诗文的时代，科举制度本身也动摇了。二哥、三哥在上海受了时代思潮的影响，所以不要我"开笔"做八股文，也不要我学做策论经义。他们只要先生给我讲书，教我读书。但学堂里念的书，越到后来，越不好懂了。《诗经》起初还好懂，读到《大雅》，就难懂了；读到《周颂》，更不可懂了。《书经》有几篇，如《五子之歌》，我读的很起劲；但《盘庚》三篇，我总读不熟。我在学堂九年，只有《盘庚》害我挨了一次打。后来隔了十多年，我才知道《尚书》有今文和古文两大类，向来学者都说古文诸篇是假的，今文是真的；《盘庚》属于今文一类，应该是真的，但我研究《盘庚》用的代名词最杂乱不成条理，故我总疑心这三篇书是后人假造的。有时候，我自己想，我的怀疑《盘庚》，也许暗中含有报那一个"作瘤栗"的仇恨的意味罢？

《周颂》、《尚书》、《周易》等书都是不能帮助我作通顺文字的。但小说书却给了我绝大的帮助。从《三国演义》读到《聊斋志异》和《虞初新志》，这一跳虽然跳的太远，但因为书中的故事实在有趣味，所以我能细细读下去。石印本的《聊斋志异》有圈点，所以更容易读，到我十二三岁时，已能对本家姐妹们讲说《聊斋》故事了那时候，四叔的女儿巧菊，禹臣先生的妹子广菊、多菊，祝封叔的女儿杏仙，和本家侄女翠苹、定娇等，都在十五六岁之间；他们常常邀我去，请我讲故事。我们平常请五叔讲故事时，忙着替他点火，装旱烟，替他捶背。现在轮到我受人巴结了。我不用人装烟捶背，她们听我说完故事，总去泡炒米，或做蛋炒饭来请我吃。她们绣花做鞋，我讲《凤仙》、《莲香》、《张鸿渐》、《江城》。这样的讲书，逼我把古文的故事翻译成绩溪土话，使我更了解古文的文理。所以我到十四岁来上海开始作古文时，就能做很像样的文字了。

我小时身体弱，不能跟着野蛮的孩子们一块儿玩。我母亲也不准我和他们乱跑乱跳。小时不曾养成活泼游戏的习惯，无论在什么地方，我总是文绉绉的。所以家乡老辈都说我"像个先生样子"，遂叫我做"先生"。这个绰号叫出去之后，人都知道三先生的小儿子叫做先生了，既有"先生"之名，我不能不装出点"先生"样子，更不能跟着顽童们"野"了，有一天，我在我家八字门口和一班孩子"掷铜钱"，一位老辈走过，见了我，笑道："先生也掷铜钱吗？"我听了羞愧的面红耳热，觉得大失了"先生"的身份！大人们鼓励我装先生样子，我也没有嬉戏的能力和习惯，又因为我确是喜欢看书，所以我一生可算是不曾享过儿童游戏的生活。每年秋天，我的庶祖母同我到田里去"监割"（顶好的田，水旱无扰，收成最好，佃户每约田主来监割，打下谷子，两家平分），我总是坐在小树下看小说。十一二岁时，我稍活泼一点，居然和一群同学组织了一个戏剧班，做了一些木刀竹枪，借得了几副假胡须，就在村口田里做戏。我做的往往是诸葛亮、刘备一类的文角儿；只有一次我做史文恭，被花荣一箭从椅子上射倒下去，这算是我最活泼的玩艺儿了。

我在这九年（一八九五——一九零四）之中，只学得了读书写字两件事。在文字和思想（看文章）的方面，不能不算是打了一点底子。但别的方面都没有发展的机会。有一次我们村里"当朋"（八都几五村，称为"五朋"，每年一村轮着做太子会，名为"当朋"），筹备太子会，有人提议要派我加入前村的昆腔队里学习吹笙或吹笛。旅里长辈反对，说我年纪太小，不能跟着太子会走遍五朋。于是我失掉了这学习音乐的唯一机会。三十年来，我不曾拿过乐器，也全不懂音乐；究竟我有没有一点学音乐的天资，我至今还不知道。至于学图画，更是不可能的事。我常常用竹纸蒙在小说书的石印绘像上，摹画书上的英雄美人。有一天，被先生看见了，挨了一顿大骂，抽屉里的图画都被搜出撕毁了。于是我又失掉了学做画家的机会。但这九年的生活，除了读书看书之外，究竟给了我一点做人的训练。在这一点上，我的恩师就是我的慈母。每天天刚亮时，我母亲就把我喊醒，叫我披衣坐起，我从不知道她醒来坐了多久了。她看我清醒了，才对我说昨天我做错了什么事，说错了什么话，要我认错，要我用功读书。有时候她对我说父亲的种种好处，她说："你总要踏上你老子的脚步。我一生只晓得这一个完全的人，你要学他，不要跌他的股。"（跌股便是丢脸，出丑。）她说到伤心处，往往掉下泪来。到天大明时，她才把我的衣服穿好，催我去上早学。学堂门上的锁匙放在先生家里；我先到学堂门口一望，便跑到先生家里去敲门。先生家里有人把锁匙从门缝里递出来，我拿了跑回去，开了门，坐下念生书。十天之中，总有八九天我是第一个去开学堂门的。等到先生来了，我背了生书，才回家吃早饭。

我母亲管束我最严，她是慈母兼任严父。但她从来不在别人面前骂我一句，打我一下。我做错了事，她只对我一望，我看见了她的严厉眼光，就吓住了。犯的事小，她等到第二天早晨我眼醒时才教训我。犯的事大，她等到晚上人静时，关了房门。先责备我，然后行罚，或罚跪，或拧我的肉。无论怎样重罚，总不许我哭出声音来。她教训儿子不是借此出气叫别人听的。

有一个初秋的傍晚，我吃了晚饭，在门口玩，身上只穿着一件单背心。这时候我母亲的妹子玉英姨母在我家住，她怕我冷了，拿了一条小衫出来叫我穿上。我不肯穿，她说："穿上吧，凉了。"我随口回答："娘（凉）什么！老子都不老子呀。"

我刚说了这句话，一抬头，看见母亲从家里走出，我赶快把小衫穿上。但她已听见这句轻薄的话了。晚上人静后，她罚我跪下，重重的责罚了一顿。她说："你没了老子，是多么得意的事！好用来说嘴！"她气的坐着发抖，也不许我上床去睡。我跪着哭，用手擦眼泪，不知擦进了什么微菌，后来足足害了一年多的眼病。医来医去，总医不好。我母亲心里又悔又急，听说眼病可以用舌头舔去，有一夜她把我叫醒，她真用舌头舔我的病眼。这是我的严师，我的慈母。

我母亲二十三岁做了寡妇，又是当家的后母。这种生活的痛苦，我的笨笔写不出一万分之一二。家中财政本不宽裕，全靠二哥在上海经营调度。大哥从小就是败子，吸鸦片烟、赌博，钱到手就光，光了就回家打主意，见了香炉就拿出去卖，捞着锡茶壶就拿出去押。我母亲几次邀了本家长辈来，给他定下每月用费的数目。但他总不够用，到处都欠下烟债赌债。每年除夕我家中总有一大群讨债的，每人一盏灯笼，坐在大厅上不肯去。大哥早已避出去了。大厅的两排椅子上满满的都是灯笼和债主。我母亲走进走出，料理年夜饭，谢灶神，压岁钱等事，只当做不曾看见这一群人。到了近半夜，快要"封门"了，我母亲才走后门出去，央一位邻舍本家到我家来，每一家债户开发一点钱。做好做歹的，这一群讨债的才一个一个提着灯笼走出去。一会儿，大哥敲门回来了。我母亲从不骂他一句。并因为是新年，她脸上从不露出一点怒色。这样的过年，我过了六七次。

大嫂是个最无能而又最不懂事的人，二嫂是个很能干而气量很窄小的人。她们常常闹意见，只因为我母亲的和气榜样，她们还不曾有公然相打相骂的事。她们闹气时，只是不说话，不答话，把脸放下来，叫人难看，二嫂生气时，脸色变青，更是怕人。她们对我母亲闹气时，也是如此。我起初全不懂得这一套，后来也渐渐懂得看人的脸色了。我渐渐明白，世间最可厌恶的事莫如一张生气的脸；世间最下流的事莫如把生气的脸摆给旁人看。这比打骂更难受。我母亲的气量大，性子好，又因为做了后母后婆，她更事事留心，事事格外容忍。大哥的女儿比我只小一岁，她的饮食衣料总是和我的一样。我和她有小争执，总是我吃亏，母亲总是责备我，要我事事让她。后来大嫂、二嫂都生了儿子了，她们生气时便打骂孩子来出气，一面打，一面用尖刻有刺的话骂给别人听。我母亲只装做不听见。有时候，她实在忍不住了，便悄悄走出门去，或到左邻立大嫂家去坐一会，或走后门到后邻度嫂家去闲谈。她从不和两个嫂子吵一句嘴。每个嫂子一生气，往往十天半个月不歇，天天走进走出，板着脸，咬着嘴，打骂小孩子出气。我母亲只忍耐着，忍到实在不可再忍的一天，她也有她的法子。这一天的天明时，她就不起床，轻轻的哭一场。她不骂一个人，只哭她的丈夫，哭她自己苦命，留不住她丈夫来照管她，她先哭时，声音很低，渐渐哭出声来。我醒了起来劝她，她不肯住。这时候，我总听得见前堂（二嫂住前堂东房）或后堂（大嫂住后堂西房）有一扇房门开了，一个嫂子走出房向厨房走去，不多一会，那位嫂子来敲我们的房门了。我开了房门，她走进来，捧着一碗热茶，送到我母亲床前，劝她止哭，请她喝口热茶。我母亲慢慢停住哭声，伸手接了茶碗。那位嫂子站着劝一会，才退出去，没有一句话提到什么人，也没有一个字提到这十天半个月来的气脸，然而各人心里明白，泡茶进来的嫂子总是那十天半个月来闹气的人。奇怪的很，这一哭之后，至少有一两个月的太平清静日子。

我母亲待人最仁慈，最温和，从来没有一句伤人感情的话，但她有时候也很有刚气，不受一点人格上的侮辱。我家五叔是个无正业的浪人，有一天在烟馆里发牢骚，说我母亲家中有事总请某人帮忙，大概总有什么好处给他。这句话传到了我母亲耳朵里，她气的大哭，请了几位本家来，把五叔喊来，她当面质问他她给了某人什么好处。直到五叔当众认错赔罪，她才罢休。

我在我母亲的教训之下住了九年，受了她的极大极深的影响。我十四岁（其实只有十二岁零两三个月），就离开她了。在这广漠的人海里独自混了二十多年，没有一个人管束过我。如果我学得了一丝一毫的好脾气，如果我学得了一点点待人接物的和气，如果我能宽恕人，体谅人，——我都得感谢我的慈母。

　　　　　　　　　　　　一九二〇，十一，廿一夜。

我的家乡

白薇

我生长的村子，名叫"秀流"。

"青山耸翠，秀水充长"，这八个字可以形容我们村子的环境。

东面是重重叠叠的高山，一个峰依着一个峰的肩怀，高峰甜蜜地吻着青山，以一个熄火山，俗名"通天蜡烛"的巨峰顶，衬在最后，而从远地滚滚而来的江水弯过山脚，我们的村落，就从那儿起头。

南面是一条刚刚转过弯的江水急流而下，横过村前，水面很宽，澄清见底。隔江是湘粤交通的大路，芦洲、沙岸、散散的桃李，伟大的樟树、松林，巨树掩蔽的伙铺绵长半里，点缀路的两旁；还有田地交错的平原、绿野、浅山，慢慢地层叠而上，展开遥远的洞口（洞口，是山与山之间的有田有地有倾坡浅山的开朗的地方）十几里。

　　西面除了少许的禾田之外，隔江是壁立的山岩，山壁怪石嵯峨，断岩片片陡映江心，而江水碰着西面的山壁，又转一个弯折而北下。山下是澄碧深渊深几十丈，水涡回旋，山上是灌木，小竹满山好几里。春夏雨水足时，几十天的瀑布飞溅着可爱的白沫，轰轰的瀑布声交应着"咕咕咕"的鹧鸪唱和声；瀑布旁有著名的山洞，洞长四十里，依着沿内天然的石壁，建有很大的庙宇，村村的妇女求子问财祈福寿，都到那庙里去烧香许愿，庙门就对着我家的西窗。洞中有美丽的钟乳石、石乳滴成的莲花盆（是雪白的石乳莲花，坐在雪白的石乳盆里）、乳桌、乳球等，用棍去敲这些乳桌、莲花，发出铿锵动听的声音。又有无数大蝙蝠，展开翅膀六尺许。还有层层不规则的石壁房，及暗黑的长洞、水洞……洪杨之乱，人民避乱在洞里，近来成为读书人的避暑地。

　　北面却稍平凡，水田、黄土，散散的可种杂粮的倾坡，枣林遍地，最后蔽天的松林无边际，远远浅山起伏。

　　在这样的环境中，"秀流"好像一条长龙，从山下伸出身子往江里深渊处去饮水。它从东山脚、江水滨，搭起吊楼（虚脚楼）板房，建筑店铺式的房屋，中间留出一条像街的通路。这儿，还没有展开村落宽广的面积，仿佛是还留在山脚的龙尾；空一些隙地，是砖瓦的楼房，一幢一幢地，沿着江，由江岸层叠上去，屋瓦鳞连直往西下，屋子一排排朝江层叠着，和江滨横黛的桃、柳、梨树、石榴、乌竹、橘柚，形成狭长数量的村落，直到最下游的大厦。前一幢面江的是我们的家，后一幢是古书房（书院），那是龙头了，它接近江水的深渊。

有条像长待的大路，直贯在村中，沿村有七个码头，我们门前，是由上数下第七个码头，叫做"大码头"，因它统用居户最多，码头也最大，全村的妇女，分在这七个码头挑水、洗菜、洗衣服。每一个码头，湾泊着许多条长的木船，大船有篷，是下走东江上走黄草坪，百多里水程载货的话小船无篷，是上走滁口，走西瓜铺，上水（由上而下）专载货，下水（由上而下）载货也载人的。

船客多半是挑脚夫（由"湘南"挑茶油去粤北卖，由粤挑盐、海菜、糖类、糖果回湘），也有少数学生及买卖人。他们喜欢高唱山歌，每当船一泊到码头湾里，他们和码头上洗衣挑水的年轻妇女，常常巧眼盼兮，传神送语。但他们的打趣很迫促，这些码头的泊船，只有一顿饭久，等船老板回家仓忙地吃了一顿饭折回船，就马上解缆开船走了。打着桨，唱着歌，流水急滩奔驰地，瞬忽间，他们的船悠然漂逝了，在西面岩壁江折处，船转弯消失向北方去。

村中男子，以划船为主业，种田为副业，民性虽纯朴坚实，也较山中的人来得活泼、伶俐。女子比较安闲，不耕不织，只管女红和家事，稍稍种些菜。

在春夏，从隔江看我们的村落，好像一条锦带，因为全村，都掩蔽在江岸的桃花、梨花、竹桃、深绿的枣林，及鲜红热烈的榴花中。

"秀柳"，这远年富庶的乡村！听说在前清咸丰、同治年间，女人不穿裙子，谁也不能走过祠堂门前一步。他们相沿有很好的礼节，很好的风俗，很讲究迎神嫁娶。

在我幼时，给我很多欢喜，使我深留记忆的，有五件事：

拜天地。每年大年初一，这朱姓的户族所有的长老及好家庭的少年壮年，都穿起清明的大礼服，戴红缨铜顶礼帽，对祠前陈设的祭坛尽拜，两边有读词章的祭司，大家对着横陈狭长的祭坛三拜九叩，拜了一次，把祭坛移向前些再拜，总共不知拜三次还是几次，这叫做"拜天地"。

祭坛上香烛之外，摆设巨大的猪头、羊、鹅、鸡、鲤鱼及无数盘的珍肴美果。这些上面，都盖着大红纸剪的灵巧的图案模样，如猪头上盖着花样就像猪，鲤鱼上盖的花样就像鲤鱼，糍粑鲜果上的花样可随剪花人巧出匠心。这些花样，全是村中的聪明女子剪的。接着爆竹砰砰响震全村，全村的长老都礼服礼帽仿佛上朝的群臣，雍容雅步走进祠堂，在轰轰的炮声中，全都跪在香纸烟雾烛光明晃的祠堂中，先拜了祖先，再退出祠堂拜天地，祭坛上仍是烛光晃晃，香烟弥漫，爆竹声铁炮声中，严肃地拜了又拜。全村的妇女小孩，都新衣整齐，围聚着看。

拜过天地后，全村的人聚在祠堂里用早餐，俗名"把宗"。全要吃素，吃的是糍粑、糖果、热酒，由各家自动地携带丰富的食品去，每桌十几个糖果点心盘子，许多瓶酒，大家交换着吃喝，交杂着坐位，畅谈笑乐。

龙灯故事。每到新年，总有许多龙灯故事看。或是本村自己弄的，或由别村来的。最讲究的是六龙抢珠，用绸料制成三十几丈长一条的龙，腹背颜色各异，两条龙的颜色也不同，选出熟练的舞龙手使双龙环环翻舞之后，双龙东西腾跃地去抢一个盘大的血红的珠，哪方的龙手技术好，那条龙的嘴里，就可以压获那飞滚飞滚的红珠。有了这样漂亮的龙，必醒以五色的花灯百个以上。当舞龙时，花灯队在周围慢慢地环走着，舞龙毕，排花灯，把花灯排成种种的建筑物形，或排成移动的军队形、象棋形、围棋形、图案型，流去流来的排动，由技巧熟练的人在指挥，每个掌灯人，都听取指挥而聚散。在热烈的锣鼓喇叭军号铁炮爆竹声中，龙热烈地翻舞，灯疯狂地排聚，这叫做"大故事"。出动人员二三百。在沿途走时，凉伞（仿佛皇上御前的伞）、彩旗（是新砍下的小竹，约一丈长，连枝带叶，枝中拖两副大红的长带，把竹竿下端背在肩上）、旗帜、军号、大鼓、喇叭、锣等乐器在前导，随着的是大礼服红缨帽的两位陪龙公子，于是龙、灯队、乐队。"大故事"只能走大村子，走到哪儿就吃宿在哪儿，各村先打听他们来到的时刻，准备欢迎。

"小故事"是一条古几丈的龙，配以几十把灯，或另有舞狮子，踩高跷，乐器也只有锣鼓之类。夜里也舞香火龙，是稻草扎成的，而插满点燃的香火，大的龙头有二三抱大，仅走附近的村落，走到哪村或哪个大户，都是送给几把香，此外还给几把点燃的香火替龙插上，还赠一些蜡烛给那些点着烛火的花灯。花灯多的有六七十把，少也二三十，那是看龙的大小而决定。舞龙时，花灯还是环走着，龙舞完，玩花灯，迎送都是放爆竹，和迎送"大小故事"一样，锣鼓和"小故事"同样简单。

故事中的给解情的男女最开脾胃的，要算串春牛戏。是用土语编成歌词，用土词演唱，以胡琴取唱拍，略配以锣鼓。戏情是一个农夫牵着水牛在耕田，且耕且唱，好一会，一个妖俗透骨的农妇，涂抹着深浓厚的脂粉，摇着白纸扇，提了饭篮，往田间送饭，歌唱而前，她一望见农夫，弄眉丢眼，欲前佯退，一曲情歌，勾引得农夫心魂骚痒。于是农夫弃犁牛，狂热地去追她，高歌热唱，把她扭回田里，一唱一和，轻薄地卖弄风情，尽量地打情骂俏，却又装出羞怯，且演且唱，句句合着胡琴，弄得情浓如烈火，热唱像疯狂、妖荡彻骨，情不能自已，来了第三者……

戏是怎样结局，我已忘记。因为它是用农民的日常生活作戏情，又用土语演唱，所以博得乡下人热烈的欢迎，妇女和小孩，也异常爱看。但读书人摆起道学先生的架子，说它俗不可耐，远远避开。

唱大戏。大戏就是京戏，从省城到外省聘来的班子演唱的。乡下人一面把大戏看成敬礼最大的典礼，一面把大戏看做最高的娱乐。殷富的大族，在秋季收获以后，常请了班子来唱七天、半月，或月余的大戏。

每逢唱大戏那时，本村邻村乃至远近许多村落的男女老少，都准备他们看戏的新衣，并带来看戏的钱。到了唱戏的时候，不但本村疯狂了，大家无限欢喜，就是远亲近戚们，亲疏的朋友们，大大小小，穿了最好的衣服，带了钱，十里数十里赶来看戏，"秀流"附近的村子很少唱大戏的，所以"秀流"当这时，家家挤满着客人，一班去了又来一班，忙得主人晕晕颠倒。

戏台建在旷野，是有浮雕在悬空的塑画的建筑物，塑画施以素雅的色彩，每幅一个富有诗意的故事，如李白醉酒，太公钓鱼……

苍翠的树林作戏台左右两翼，前面是广大的观众区，左前是极大的买卖区，赌博区在后面。台下是低低的草坪，男性的观众，密密地站在坪里看戏，妇女小孩，在倾坡高叠的田亩上，自己带了凳去，排成一列列，远远对着戏台。

可是这千万的观众，很少尽日在专心看戏，男的在草坪里移来溜去，找朋友、看生人，或和朋友三三五五，去食品厂吃点心或到买卖场去买东西，看由省城由各地集来的衣服、奇货或跑到赌博区去，双眼注视树上挂着的一团几斤的鱼肉，细心去猜想它的重量，谁猜中的谁得出极少的与赌的钱，可得了那几斤的一团肉去，这叫做"猜标"。总之，男性观众区总是交谈细语，嗡嗡嗡的，一片的人头在波动。

女的坐在较高三四尺的田里。她们打扮得花枝招展，她们除了做新娘子，就算看戏最能尽兴装扮了，年轻的女子，服装红红绿绿的，右胸衣襟上挂许多银饰、珠宝，美女镜配丝襦子，琳琳琅琅一大串。头上满载银丝扭成的银花、翡翠、珠宝，或绸缎羽毛扎成的花朵、蝶儿。脚上全穿绣花鞋，脸上却很少擦脂粉，黄脸素颜。

她们一到戏台前，唯一的目的，是溜着睛光搜看美人，或探视奇装异服的女子，把她多看几眼。年长一点的妇女，也热心地在凳隙行间，穿来复去，找朋友、认亲戚、买了点心、水果，或热气腾腾的十锦粥。面，一盘数碗，由敞棚里的粥主动手端去，送到亲戚朋友甚至知名而不相识的妇女手上去，就在惊奇未吃之间，宾主相见，有礼有貌地大家交通笑语，相识的愈加亲切，不相识的也亲热起来。然后，把自己愿意请的客人请到家里去住宿，吃饭，家里住满男男女女。由是，订媳妇、选女婿，都借这样的机会，看准、择定。

戏是上午十时起演到落山，每到午后三时，广大的买卖场上挤满了顾客。常常为着价钱，高声争吵，也有一物几个顾主，拍卖似地争出价钱。这时，观众区的人数大减，而从山巴里来看戏的瑶人，解下她们背上的儿女，放胆大吃大笑。瑶妇极健强，穿宽袖披领的衣裳，袖口领头，绿红黄白三色布条。穿草鞋，戴织箕（和满洲女人戴的横长有珠垂下的东西差不多），面色粉红又白。

自唱戏的第四天下午，从祠堂前搬出一个竹骨纸糊的"将军"，身高好几丈，拿着二丈长的关刀，凶神恶煞，据说是鬼王，把它摆在距戏台七八丈远的对面，说是可以镇压群鬼作恶。

当它从祠堂移到里许的戏台前，那叫做"移将军"，十几个壮丁把它抬走，族中长老们，又都穿起大礼服，戴红缨大礼帽，跟着铜鼓、喇叭，长长的乐队慢慢前进，凉伞、彩旗、旗帜，走在将军前，排成一长队。一位主持的妇人，带着白米，一路把米对将军身上洒，沿途是轰轰的铁炮声，爆竹声不断。

这家伙虽大人敬之如神，将它移来大家起同它行礼，但小孩们非常害怕它，一见就哇啦大哭，被吓死的也有。

每晚还有夜戏，小孩少年不准看夜戏。因为都是调情的戏，主妇们许多只有晚上才有工夫看戏，所以夜戏为一般上了年纪的人及忙人所酷爱。

吃枣子。"秀流"是著名的枣园。在立秋前后，遍地的枣树都累累翻红，有糖枣、木枣（长枣）、川枣（蜜枣）三种。这之前，把枣园的青草铲光。家家又给远亲近戚吃枣子，附近的乡村，外县的男子及枣商，挑了竹箩，源源地来收买枣子。家家的妇女儿童，带着枣商到枣园去，拿了长竹竿，爬上树的枝头，把枣子一树树敲下来，我总爱在树枝上跳上跳下敲，大家蹲在树下拾，全拾完时，当地就粜给枣商，大约二角多小洋一斗，最好的也不过每斗四角。

拣了好的，一担担挑去送给亲友，也自己留着晒许多。总之，枣子熟时又家家挤着亲疏各样的客人，亲朋比吃喜酒还来得多，随便自动地来，有的携儿挈女，来几天就走，有的要等枣子晒干。

晒枣子是件最麻烦的事。每早太阳刚出，村中妇女及女客们（男人极少，他们要划船、耕田）挑的、扛的，大箩大担，在水泥的禾场上晒，我们门前广大的禾场，拥满了这些女人连小孩，扛出棉被，敷上白布，把枣子倒在上面，一粒一粒在被单直排匀来晒，这样要晒三四个礼拜。一边排晒一边变笑，无数的女人小孩的嘴，无数的话声交流，谈到各样琐事、风俗、人情，各样的性格、面目、表情。吃了早饭，又到烈日炙人的枣子了，还同样是你谈我笑。妇女这种快乐的社交，在别的村子是绝少享受得到的。

待江。这是每两年或三年，沿阗"秀流"几十里乃至百里的江主，举行一次联合总捕鱼，叫做"待江"。

方法是预先由各地居民，在山上割得一种使鱼吃了就发晕的药，嫩枝绿叶，大捆地晒干、捣碎，装进麻布袋里，等到待江的时候，把药袋浸在江滩，药浸发了，大家下水一袋袋去揉榨，揉榨到没有药力为止，这叫做"洗药"。大药每十五里洗药一次，捕鱼的人，密密地等在下水候鱼受到药力暴跳时，用网打，置捞，铁叉去叉，或用鸬鹚队到深渊去把大鱼捞出。药力正旺时，鱼类都从石度、岩下、深渊，疯狂地浮跳到滩头水面，滩头水面全是鱼在跳跃，两岸看的妇女小孩，非常有趣，水里船上捕鱼的人也异常起劲，满江是人来船往在撒网，并有用横长几十丈的带网，从此岸挂到彼岸，横断江面拦鱼，一网要捉百多斤。

非江主的远近几十里的男人，也得赶来参加这"待江"的豪兴，亲朋们可以请他们的同道共捕，不相干系的任何人民，都得自由来捕捉，但限制他们只用小网铁钩，在江边捞打，一到距江岸若干丈的深水处捕时，就要受干涉。江面水深水浅，何处该船航步涉，何处是自由捞打地，都插有红绿黄白小旗做标记。

女人儿童，也有在岸边捞的、捉的；书生文武秀才，也都闻风来参加这壮举。满江满岸是人，看的捕的，竞捕笑乐，快畅欢呼，船儿梭来梭往，网子一收一撒，鸬鹚呷呷呷噪叫，捕获六七斤一条的大鱼，轰笑震天。这一段江捕完了，又追捕新洗的药水往下捕，兴奋快乐又紧张到极点。

我们小孩子，再没有看到过比千万人欢悦鼓舞共捕鱼还快乐的事。

这些，都是我童年的经历，留下的记忆永远都刻在脑里！我爱我的家乡，我庆幸我生长在这样一个可爱的村子，它，给我比别村的孩子更多的见识、更多的美的憧憬和狂热的情绪。

我们的家因为和村子有不能分离的关系，也同样给我爱着，给我更多的情感和回忆。

从建筑上说，我们的家，并不怎么堂皇。只有前后三进，几十间房子，没有亭榭，一律楼房，但从风景的美丽、开朗说，我生来走过的地方，没有看到谁家的住宅，有这样好的风景，秀流风景的精华，集在我们的一家。

前面朝南面江，透过密密的枣林、桃、梨、石榴、柚子树，可以看到澄碧的江水，江中的行船，船上的歌声送到我们门前窗楼下；隔江可以清楚地看到湘粤交通的大路，以及沿路伟岸的樟树、松林、散散的桃李；而远远可看到波叠而上的稻田、绿野、浅山，展开洞口几十里；大门正对过去的遥远处，是摩天的遥岗仙，那是大庾岭的一段，群峰耸翠，一峰依着一峰的肩怀，吻着碧霞横黛的天边。东面是火山统率的翠秀的群峰；西面是陡峭的山壁隔江紧迫着，春夏雨后，那飞溅的瀑布挂在眼前，满面声、瀑布声，交响在我们童年的耳里。

这些美景，启发我幼时的不少美感。我还记得，当我三岁时，是一个晴朝，我独倚在门前的围墙地，看到墙外的梨花满树白，衬以远远正放的桃李；隔桃黄金色的菜花无边际，我陶醉了；清明时，我看到西册满开着鲜红的杜鹃花，配以鹧鸪声不绝，我呆呆地看、听，到黄昏暮黑还不想回屋里；我爱或红或白、拖着孔雀尾毛的长尾鸟，出没在母亲卧房的屋角里的石榴花树上，我爱它的灵巧美丽、逛啼；也爱出没花间、又胖又大的五彩蝴蝶。

我爱我们的家，我家的环境太雄壮优美！我更爱最爱我的祖母，她是那么温柔、美丽，高贵像仙女。也爱我纯洁壮美的父亲，贤明能干的母亲。但我美育的涵养，从小就醉心自然美，从小就爱画花草、小动物，爱用纸剪花草生物，可以说是环境的赐予及祖母的教育。

祖母边教我边讲给我听。她说：她是南京县长的满女，她在"太平天国"宫的情景是怎样怎样，她是用双刀杀开血路，从"太平天国"宫中跑出来的，又说，祖父因为不听清廷的诏旨，不跟曾国藩去打洪秀全，竟被清兵执着，幸亏祖父应用灵机，方得脱险保命；又说，我们的大厦正落成，就逢洪杨之乱，祖父出走的时候，写了一张字条贴在门首说："仓里很多的五谷，厩中无数的牛羊，士兵将官尽管吃，只不要毁坏房子。"可是等到乱平回家时，窗上的雕刻没有了，画栋雕梁给锯下当柴烧了。

我爱外祖母家的背后，那遍山数里的处女林中，千万响蝉震耳黄昏，红霞盖碧落；也爱舅舅家的私塾后，泉水深处，几湾几垄参天的竹林，林梢浓雾忽聚忽散；我最爱外祖母家路中必经过的水口山，那儿奇高的树木构成不见天日的绿幽幽的长路，路旁一面是山，一面是幽泉深谷，泉声瀑布声，千百娇啭的鸟声，嗡嗡的蜂声，微风轻吹树叶声，奏成伟大的天然交响曲，绿阴的美，配着竞开的各种奇花，当我儿时通过那里，仿佛看到翠嫩的钩藤蔓延山壁，高林榕树在路的两旁形成天然的廊榭，我以爬那陡峻的高山为极乐，觉得她们是住在天上云中。

她家虽是地方上首富的财主，有很多的财宝埋藏在地下，而且舅舅们是文武秀才，大医生，州官，外祖母九十一岁做寿时，穿龙袍，戴凤冠，可是平日他们全穿土布，材质得和山中一般平民无差别，且比奴隶还勤劳，那是代表山地的民性。不像我祖母，衣服素雅而领上绣花，衣角用毛金纸盘花还缀上绿玉，爱歌舞、养宾客，六七天要吃一个二三百斤的猪，鸡鱼牛羊在外，卖了田来花费。

乡间民情很朴质，近山的比近水的还多些老实、古板。地方平静。自我读小学后，我总是穿男装，为着交朋友、访先生、看亲戚，走过许多乡村。我所看到的男人是耕田、耕土、挑担、划船，读书的最少，女人是绩麻、纺纱、种菜、养猪兼管家，大都安居乐业。虽大家庭的少女，数人或只身在外面跑，不会遇到什么危险，大我十多岁的侄女，她常一人骑马驰骋乡间，我也总是男装，一人跋山涉水，从没有遇到一点惊吓，一点欺侮。

民国二年，我第一次踏出远近三十里的家乡，走过更广的乡土，在下衡州进"师范"的路上，经过一些奇兀的风景，以离家四五十里的水脚滩，景色最为奇突、伟丽。那儿一面是青山枞林，倾斜下来，伸出蟹脚似的盘石，枙峙江心；一面是断岩峭壁，层叠嵯峨的江岸江底，把浩浩荡荡二三十丈宽的江面，钳锁得不过一二丈宽。而江心磐石突凸、滩头起伏，一个滩比一个滩洼浇三四五丈，形成三四五丈长一匹的雄伟壮观的瀑布直垂着，接接连连几十匹，一匹之下一个浪花腾跃高丈许的水潭，潭上飞溅的浪花如立起的舞狮，卷曲着飞舞的白浪白茫茫一片，潭下轰轰的水声如雷响，使岸上的行人，铺里的饭客，对语也听不清。每隔数丈又是直垂一匹，都从怪险的滩头吊下飞沫旋卷的滩脚，腾跃着如舞狮的浪花，再滔滔滚滚而下，这样一共有三十六滩，江水隐伏在山里，十几里都不能行船。货物旅人，全得走峻险的山路。过此则展开三十丈宽的江面，两岸缘着翠媚的幽林，水平似镜，大船水船风帆满江。

家乡，地带总是这般险阻，恬静平安仿佛天堂！那年春天，我因求学欲所驱使，出走家庭，一个人跋涉长途。隔年夏天，又为父亲的迫令，只身回到家里，路上并没有遇到一点惊吓，一点欺侮。而耒阳一带，种着各种各色的莲花，脂红、桃红、粉红、白和绿色的花朵，大朵大朵地开遍不知几十万亩田地，一望无涯，半天也在莲花田陌上穿不尽，那倒使我神清气爽，又如梦如醉。

走出莲花地带，一弯一折地登上山，沿途奇高的密林遮蔽天日，林梢漏下绿幽幽的光辉，给我悦目爽心的快感魂胆，我像踏进了美妙的幻境，几疑自身是林间仙子。但尽走不见天日，幽幽数里无人烟，心头不免有些恐怖。然而还是没有遇到一点惊吓，一点欺侮。

我自民国四年，到长沙"第一女师范"读书，直到民国十五年，给中国大革命的风，把我由日本吹到广东，再由广东吹回我的家乡。

第一个使我不快意的，是在广东北江，和同船的旅客，请了许多兵保护，才得通过江岸六十多位土匪的难关；同时我妹妹从长沙回家，也一样请兵保护。时代已经变了，再不是十二三年前，名门的少女，可以只身远走无忧的太平世界了！

因此，虽有岭南的梅花，娇红艳艳，开遍山阴平野；虽有高山云表的"大庾岭"惊奇的风光，峦山峻岭；每一个山腹山峰，全是蒙着盛开的洁白大朵的茶花，清香又美丽；虽有浓雾像乳白的河，一忽充塞在弯曲深邃的谷底，使绵长深邃的幽谷，全然给牛奶盛满的河流，河上雾气腾卷，仿佛八月钱塘江的浪花，奶河分流交错极壮观，一忽又弥漫天际，使天和地隔离，往下看不见地的影子；虽有许多七色的虹彩，从我们山上行人的脚下，出现在山的这边那边，向下伸到深不可测的谷底、半空，伸向灰白的重雾隔断天与地之间的云层下去；虽然觉得人在天上走，发丝凝着满头冰珠，鸢在下界飞，眼底是不可测的云层，雾层和幽谷，这些壮美少见的景色，总不能使我畅快无忧地走过，总怕山中的土匪出来吊羊（绑人去），把我绑去。这年头，已经不是往日的太平世界了。

幸而碰着大雾天，土匪没有透过浓雾的肉眼，我得以平安地过了"大庾岭"。下了岭，很快就到了我的家乡。

啊，家乡！它，像个十七八岁最美丽的少女，已经变成一个五十多岁的老妇人了！它美丽的光华，随着我的童年，悠悠地逝去了，山脚抛弃着没人耕种的荒田沃土，村村少了隆盛的气象，江上的船不是寂寞地停泊着，就给兵匪划去不交还，昔日殷实活泼的人民，变颓丧、变穷酸了。

流水急滩，船在重复的山的肠里驶行阒，从滁口驶到了"秀流"，啊，"秀流！"萧条的冻伤在灰色的江滨，江岸再没有往日那些桃李梨花竞艳的春天，也再没有那些枣子、石榴、橘柚丰熟的秋夏了，据说再没有往日那漂亮的龙灯故事，也再不待江唱大戏了。总之，它是一个枯干贫血的老太婆，娇艳丰满的少女的影子也没有了！

我们门前的大梨树，陶醉过我儿时的满树白的梨花，不知要到哪儿去吊它的艳魂？左右屋后的桃树、石榴树，和我幼时手植的名花异草芭蕉，连根都没有了，肥大的彩蝶绝少出现，长尾鸟也再不来唱歌了！

啊，家乡！我十二年没有回去过的家乡，骤然看到它的老态我发呆了。而母亲、姨娘、村中的长辈们都向我说："小姑娘出去，这么快就老了！"不知家乡比我老得快四倍呵！家乡匆匆逝去红颜的理由，据说是：

自"洪宪"称帝，"宣统"复辟，继以军阀混战，一年一年十来年的战争，我们地当湘粤交通，兵家必争的喉管：禾田种植，给铁蹄蹂躏了；苛捐杂税，刮尽了老百姓膏血；居民一夕数惊，逃亡流离所致。我的母亲，常卷了一条被单，就逃走出去，躲在山中森林里，一天一天一月一月地，总是带着一条被、一捆茅，辗转山林躲藏着；我年轻的妹妹，也再不能安住家乡，逃出找着她的奶妈，躲在穷山僻壤。兵灾去后，土匪横行，处处劫掠、"吊羊"，有饭吃的人家，常常被抄被绑，绑人再送回，起码要求一千八百。所以我的父母，当我要离家之前，凄然地对我说："地方上这样不平静，来往得花钱请兵保护，女子出门诸多不便，谅这一出去，恐怕再不能回家来看看父母了。"我含着凄凄的眼泪，望着临别不舍的慈爱的双亲，双亲的心似乎要碎了。

在彼此惜别的感情中，在啪啪啪欢送的爆竹声里，我又离开了我的家乡，带着少许的钱，顺着秀水、耒水、湘水，流浪流浪，流到衡阳，无赖得很，看了"南岳"，钱完了，幸巧碰着初识的老乡帮助数元，流到长沙、汉口、武昌，几乎要饿死汉口时，天天夜夜在街上跑，企图碰幸运，碰着了东京的老认识，荐我进了革命军的总政治部，看了大革命的热狂。我心中，还是时时想到我的家乡，我想我的家乡，定会因着革命成功，再恢复昔日的繁盛，再改良、进步。

然而，那次革命像朵娇艳无比的昙花，一现就遭了惊魂夺魄的浩劫。我的家乡，从此兵灾匪祸，连年不息。县党部被捣毁了，捉了人去枪杀；妇女部被逐散了，娘儿们被打在街头巷角，任意践踏、捉住；农民协会、工会被解散，该会的组织人——我的父亲，被驱逐逃走广东了；革命是犯了重罪，大家在遭受浩劫，曾被打倒的土豪劣绅，又回到他们作威作恶的老巢了！

兵如潮，匪似蜂，苛捐杂税，三倍繁重。由是中产人家渐渐破落，愁衣又忧食；一般平民贫如洗，勇敢的男子去当土匪，善良的壮丁被拉夫了，留下孤苦的妇女和小孩，给兵匪惊扰，流离四散；地主纳不起税，把田契贴在门上逃跑了。但田契贴在门上几星期也没有人要。

我的母亲，这贤明能干的女人，全村人始终都敬爱的女人，她一手整顿给祖母弄到垂败的大家，又操劳家务兼管理产业的角色。这时，抛弃一切家产房屋，又拖着一条被、一捆茅，村中的壮年轮流伴她，在山林中躲避数月不能回家了。因为我们的大厦，不是驻扎×军，就是官军的营房。而且"秀流"村前一条江水的两岸，常常是×军和官军隔江对峙的重地了。

北伐以来，灾祸如此越来越猛烈，再没有女人纺纱的轧轧机声，再没有少女敢只身孤行，村村少见鸡犬猪鸭，人人择着僻静处去躲身。山山岭岭，全有×军出没；平原森林，随处给激增的土匪，雄视占领；巨村镇上，也充满着源源开到的官军。由是敌锋接触越多，平地燃起的烽火：我国酷爱过的莲花地带，百里烧杀无人烟；舅家那儿峻岭崇山，是土匪的大本劳，杀了表弟和四舅，掘去了他们埋在地下的宝藏；秀流江上的船只，给军匪掳去、扣留，船民闲着挨饿数月又数月；妻女被蹂躏，田禾被割去，人民敢怒而不敢言；筑碉堡、设军防，老百姓几乎逃走一光；形成风景的树林，给斫下做柴烧，百鸟给枪弹惊散了。

唉！家乡！

一切的一切，是另外的一切了！

最近民众自觉了，他们不怕匪众也不怕正式军队，他们要冒死谋生存，决心团结来自卫，大家齐心，自己组织自卫军，练团勇（勇即兵），买枪械，保卫地方的安全，请一切扰乱民间的军匪出境。听说一位往日文质彬彬、衣裳楚楚、雄冠巍峨的我最亲爱的人，现在短衫光头，一股劲儿在当自卫团的指挥。

我常常很喜欢，我那位六十岁的长辈，从文人，从大医生，从礼教的踏实信徒，一变而为保土卫民的老将军！啊，家乡，走上荣盛再造道路了！

今年冬天，乡村又恢复着嫁娶的热闹了。

乡曲的狂言

许地山

在城市住久了，每要害村庄的相思病来。我喜欢到村庄去，不单是贪玩那不染尘垢的山水，并且爱和村里的人攀谈。我常想着到村里听庄稼人说两句愚拙的话语，胜过在郡邑里领导那些智者的高谈大论。

这日，我们又跑到村里拜访耕田的隆哥。他是这个小村的长者，自己耕着几亩田，还管理一所菜园。他的生活倒是可以羡慕的。他知道我们不愿意在他矮陋的茅屋里，就让我们到篱边的瓜棚底下坐坐。

横空的长虹从前山的凹处吐出来，七色的影印在清潭的水面。我们正凝神看着，蓦然听得隆哥好像对着别人说："冲那边走吧，这里有人。"

"我也是人，为何这里就走不得？"我们转过脸来，那人已站在我们跟前。那人一见我们，应行的礼，他也懂得。我们问过他的姓名，请他坐。隆哥看见这样，也就不作声了。

我们看他不像平常人，但他有什么毛病，我们也无从说起。他对我们说："自从我回来，村里的人不晓得当我做个什么。我想我并没有坏意思，我也不打人，也不叫人吃亏，也不占人便宜，怎么他们就这般地欺负我——连路也不许我走？"

和我同来的朋友问隆哥说："他的职业是什么？"隆哥还没作声，他便说："我有事做，我是有职业的人。"说着便从口袋里掏出一本小折子来，对我的朋友说："我是做买卖的，我做了许久了，这本折子里所记的账不晓得是人该我的，还是我该人的，我也记不清楚，请你给我看看。"他把折子递给我的朋友，我们一同看，原来是同治年间的废折！我们忍不住大笑起来，隆哥也笑了。

隆哥怕他招笑话。想法子把他轰走。我们问起他的来历，隆哥说他从小在天津做买卖，许久没有消息，前几天刚回来的。我们才知道他是村里新回来的一个狂人。

隆哥说："怎么一个好好的人到城市里就变成一个疯子回来？我听见人家说城里有什么疯人院，是造就这种疯子的。你们住在城里，可知道有没有这回事？"

我回答说："笑话！疯人院是人疯了才到里边去；并不是把好好的人送到那里教疯了放出来的。"

"既然如此，为何他不到疯人院里住，反跑回来到处骚扰？"

"那我可不知道了。"我回答时，我的朋友同时对他说："我们也是疯人，为何不到疯人院里住？"

隆哥很诧异地问："什么？"

我的朋友对我说："我这话，休说对不对？认真说起来，我们何尝不狂？倒是方才那人才不狂呢。我们心里想什么，口又不敢说，手也不敢动，只会装出一副脸孔。倒不如他想说什么便说什么，想做什么就做什么，那分诚实，是我们做不到的。我们若想起我们那些受拘束而显出来的动作，比起他那真诚的自由行动，岂不是我们倒成了狂人？这样看来，我们才疯，他并不疯。"

隆哥不耐烦地说："今天我们都发狂了，说那个干什么？我们谈别的吧。"

瓜棚底下闲谈，不觉把印在水面的长虹惊跑了。隆哥的儿子赶着一对白鹅向潭边来。我的精神又贯注在那纯净的象禽身上。鹅见着水也就发狂了。它们互叫了两声，便拍着翅膀趋入水里，把静明的镜面踏破。

藕与莼菜

叶圣陶

　　同朋友喝酒，嚼着薄片的雪藕，忽然怀念起故乡来了。若在故乡，每当新秋的早晨，门前经过许多的乡人：男的紫赤的臂膊和小腿肌肉突起，躯干高大且挺直，使人起健康的感觉；女的往往裹着白地青花的头巾，虽然赤脚，却穿短短的夏布裙，躯干固然不及男的这样高，但是别有一种健康的美的风致；他们各挑着一副担子，盛着鲜嫩玉色的长节的藕。在产藕的池塘里，在城外曲曲弯弯的小河边，他们把这些藕一再洗濯，所以这样洁白。仿佛他们以为这是供人品味的珍品，这是清晨的画境里的重要题材，倘若涂满污泥，就把人家欣赏的浑凝之感打破了；这是一件罪过的事，他们不愿意担在身上，故而先把它们濯得这样洁白了，才挑进城里来。他们要稍稍休息的时候，就把竹担横在地上，自己坐在上面，随便拣择担里的过嫩的藕或是较老的藕，大口地嚼着解渴。过路的人就站住了，红衣衫的小姑娘拣一节，白头发的老公公买两支，清淡的甘美的滋味于是普遍于家家户户了。这种情形差不多是平常的日课，要到叶落秋深的时候。

在这里上海，藕这东西几乎是珍品了。大概也是从我们的故乡运来的。但是数量不多，自有那些伺候豪华公子硕腹巨贾的帮闲茶房们把大部分抢去了；其余的便要供在较大一点的水果铺里，位置在金山苹果吕宋香芒之间，专待善价而沽。至于挑着担子在街上叫卖的，也并不是没有，但不是瘦得像乞丐的臂和腿，便涩得像未熟的柿子，实在无从欣羡。因此，除了仅有的一回。我们今年竟不曾吃过藕。

这仅有的一回不是买来吃的，是邻舍送给我们吃的。他们也不是自己买的，是从故乡来的亲戚带来的。这藕离开它的家乡大约有好些时候了，所以不复呈玉样的颜色，却满被着许多锈斑。削去皮的时候，刀锋过处，很不爽利。切成片送入口里嚼着，有些儿甘味，但是没有一种鲜嫩的感觉，而且似乎含了满口的渣，第二片就不想吃了。只有孩子很高兴，他把这许多片嚼完，居然有半点钟工夫不再作别的要求。

想起了藕就联想到莼菜。在故乡的春天，几乎天天吃莼菜。莼菜本身没有味道，味道全在于好的汤。但这样嫩绿的颜色与丰富的诗意，无味之味真足令人心醉。在每条街旁的小河里，石埠头总歇着一两条没篷船，满舱盛着莼菜，是从太湖里捞来的。当然能得日餐一碗了。

而在这里上海又不然。非上馆子就难以吃到这东西。我们当然不上馆子，偶然有一两回去叨扰朋友的酒席，恰又不是莼菜上市的时候，所以今年竟不曾吃过。直到最近，伯祥的杭州亲戚来了，送他几瓶装瓶的西湖莼菜，他送给我一瓶，我才算也尝了新了。

向来不恋故乡的我，想到这里，觉得故乡可爱极了。我自己也不明白，为什么会起这么深浓的情绪？再一思索，实在很浅显的：因为在故乡有所恋，而所恋又只在故乡有，就萦系着不能割舍了。譬如亲密的家人在那里，知心的朋友在那里，怎得不恋恋？怎得不怀念？但是仅仅为了爱故乡么？不是的，不过在故乡的几个人把我们牵着罢了。若无所牵系，更何所恋念？像我现在，偶然被藕与莼菜所牵系，所以就怀念起故乡来了。

所恋在哪里，哪里就是我们的故乡了。

绍兴东西

孙伏园

从前听一位云南朋友潘孟琳兄谈及，云南有一种挑贩，挑着两个竹篓子，口头叫着："卖东西呵！"这种挑贩全是绍兴人，挑里面的东西全是绍兴东西；顾主一部分自然是绍兴旅滇同乡，一部分却是本地人及别处人。所谓绍兴东西就是干菜，笋干，茶叶，腐乳等等。

绍兴有这许多特别食品，绍兴人在家的时候并不觉得，一到旅居外方的时候便一样一样的想起来了；绍兴东西的挑子就是应了这种需要而发生的；我在北京，在武汉，在上海，也常常看见这一类挑子。

解剖起来，所谓绍兴东西有三种特性：第一是干食，第二是腐食，第三是蒸食。

干食不论动植物质，好处在：整年的可以享用这类食品，例如没有笋的时候可以吃笋干，没有黄鱼的时候可以吃白鲞（这字读作"响"，是一个浙东特有的字，别处连认也不认得）；增加一种不同的口味，例如芥菜干和白菜干，完全不是芥菜和白菜的口味，白鲞完全不是黄鱼的口味，虾米完全不是虾仁的口味；增加携带的便利，既少重量，又少面积，既没有水分，又不会腐烂。这便是干食的好处。

至于腐食，内容和外表的改变比干食还厉害。爱吃腐食不单是绍兴人为然，别处往往也有一样两样东西是腐了以后吃的，例如法国人爱吃腐了的奶油，北京人爱吃臭豆腐和变蛋（俗曰皮蛋）。但是，绍兴人确比别处人更爱吃腐食。腐乳在绍兴名曰"霉豆腐"。有"红霉豆腐"和"白霉豆腐"之别。

白霉豆腐又有臭和不臭两种，臭的曰"臭霉豆腐"，不臭的则有"醉方"和"糟方"，因为都是方形的。此外，千张（一名百叶）也有腐了吃的，曰"霉千张"。笋也腐了吃，曰"霉笋"。

菜根也腐了吃，曰"霉菜头"。苋菜的梗也腐了吃，曰"霉苋菜梗"。霉苋菜梗蒸豆腐是妙味的佐饭菜。这便渐渐讲到蒸食的范围里去了。

盐奶是一种烧盐的余沥。烧盐的时候，盐汁有点点滴下的，积在柴灰堆里，成为灰白色的煤块样的东西，这便是盐奶。盐奶的味道仍是咸——（盐奶的得名和钟乳石的得名同一道理）——而别具鲜味，最宜于做"瑠豆腐"吃。"瑠"者是捣之搅之之谓。豆腐瑠了之后，加以盐奶，面上或者加些笋末和麻油，在饭锅子里一蒸，是多蒸几次更好，取出食之，便是价廉味美的"瑠豆腐"了。又如干菜蒸肉，是生肉一层，干菜一层，放在碗中蒸的，大约要蒸二十次或十五次，使肉中有干菜味，干菜中也有肉味。此外，用白鲞和鸡共蒸，味道也是无穷，西湖碧梧轩绍酒馆便以这"鲞拼鸡"名于世。

说乡情

林语堂

　　金圣叹批西厢，列举"不亦乐乎"三十三事。其中一条，是久客还乡之人，舍舟登陆，行渐近，渐闻本乡土音，算为人生快事之一。我来台湾，不期然而然听见乡音，自是快活。电影戏院，女招待不期然而说出闽南话；坐既定，隔座观客，又不期然说吾闽土音；既出院，两三位女子，打扮的西装白衣红裙，在街中走路，又不期然而然，听他们用闽南话互相揶揄，这又是何世修来的福分。

台湾观光，自多名胜，乌来瀑布、石门水库、日月潭、玄奘骨，都可领略，引人入胜。独此故乡情味，不足为外省人道也。

少居漳州和坂子之乡，高山峻岭，令人梦寐不忘。凡人幼年所闻歌调，所见景色，所食之味，所嗅花香，类皆沁人心脾，在血脉中循环，每每触景生情，不能自已。此詹森总统所以每一二月必回故乡，尝其放牛牧马生活也。吾少居田野，认为赤足走草坡，入涧淘小虾，乃人生最满意之一刹那。及长成，西装革履，束之，缚之，拘之，屈之，由是足趾之原形已经变状，天赋灵巧，已失效用。履之为甚，其可革乎？故每痒痒，思恢复其自由，明知残朴以为器，工匠之罪，但隔靴搔痒，仍是搔不着也，适人之适，而不自适其适，人世总是如此、奈何，奈何？

我们漳州民间，穷苦者十之一，富户劣绅亦十之一，大半耕者有其田。但是生活水准，教育普遍，自不如今日之台湾。由是，每每因乡语之魔力使我疑置故乡之时，又觉骇异二事。一、这些乡民忽然都识字了。而且个个国语讲得非常纯正。这不是做梦吗？又路上行人，男男女女，一切洋装、村装妇女，我所疑为漳州妇女的，又个个打扮得那样漂亮，红红绿绿，可喜娘儿一般，与吾乡少时所见不同。由是给我一种恍然隔绝人世可遇而不可求的美梦。

以国语说乡情，在我们大不容易。漳州话B、G两音，连注音字母也拼不出来。beh，bah，bat（要，肉，识）就不在汉字系统中。无已，权借国语，表出乡音：

乡情宰（怎）样好，让我说给你。民风还淳厚，原来是按尼（如此）。汉唐语如此，有的尚迷离。莫问东西晋，桃源人不知。父老皆伯叔，村妪尽姑姨。地上香瓜熟，枝上红荔枝。新笋园中剥，早起（上）食谙糜（粥）。胪脍莼羹好，呒值（不比）水（田）鸡低（甜）。查母（女人）真正水（美），郎郎（人人）都秀媚。今天戴草笠，明日装入时。脱去白花袍，后天又把锄。到（黄）昏倒的困（睡），击壤可吟诗。

还乡记

郁达夫

一

大约是午前四五点钟的样子，我的过敏的神经忽而颤动了起来。张开了半只眼，从枕上举起非常沈重的头，半醒半觉的向窗外一望，我只见一层白色的云丛，密布在微明空际，房里的角上桌下，还有些暗夜的黑影流荡着，满屋沈沈，只充满了睡声，窗外也没有群动的声音。

"还早哩！"

我的半年来睡眠不足的昏乱的脑经，这样的忖度了一下，我的有些错痛的头颅仍复投上了草枕，睡着了。

　　第二次醒来，忽忽的跳出了床，跑到窗前去看跑马厅的自鸣钟的时候，我的心里忽而起了一阵狂跳。我的模糊的睡眼，虽看不清那大自鸣钟的时刻，然而我的第六官却已感得了时间的迟暮，八点的快车大约总赶不到了。

　　天气不晴也不雨，天上只浮满了些不透明的白云，黄梅时节的时候，象这样的天气原是很多的。我一边跑下楼去匆匆的梳洗，一边催听差的起来，问他是什么时候。因为我的一个镶金的钢表，在东京换了酒吃，一个新买的爱而近，去年在北京又被人偷了去，所以现在我只落得和桃花源里的乡老一样，要知道时刻，只能问问外来的捕鱼者"今是何世？"

　　听说是七点三刻了，我忽而衔了牙刷，莫名其妙的跑上楼跑下楼的跑了几次，不消说心中是在懊恼的。忙乱了一阵，后来又仔细想了一想，觉得终究是赶不上八点的早车了，我的心倒渐渐地平静下去。慢慢的洗了脸，挽了衣服，我就叫听差的去雇了一乘人力车来送我上火车站去。

　　我的故乡在富春山中，正当清冷的钱塘江的曲处。车到杭州，还要在清流的江上坐两点钟的轮船。这轮船有午前午后两班，午前八点，午后二点，各有一只同小孩的玩具似的轮船由江干开往桐庐去的。若在上海乘早车动身，则午后四五点钟，当午睡初醒的时候，我便可到家，与闺中的儿女相见，但是今天已经是不行了。

　　不能即日回家，我就不得不在杭州过夜，但是羞涩的阮囊，连买半斤黄酒的余钱也没有的我的境遇，教我那里能忍此奢侈。我心里又发起恼来了。可恶的我的朋友，你们既知道我今天早晨要走，昨夜就不该谈到这样的时候才回去的。可恶的是我自己，我已决定于今天早晨走，就不该拉住了他们谈那些无聊的闲话的。这些也不知是从那里来的话？这些话也不知有什么兴趣？但是我们几个人愁眉戚额的聚首的时候，起先总是默默，后来一句两句，话题一开，便倦也忘记了，愁也丢了，眼睛就也放起怖人的光来，有时高笑，有时痛哭，讲来讲去，去岁今年，总还是这几句话：

"世界真是奇怪，象这样轻薄的人，也居然能成为中国的偶像的。"

"正唯其轻薄，所以能享盛名。"

"他的著作是什么东西呀！连抄人家的著书还要错。"

"唉唉！"

"还有××呢！比××卑鄙，更不通，而他享的名誉反而更大！"

"今天在车上看见那犹太女子真好哩！"

"她的屁股正大得爱人。"

"她的臂膊！"

"啊啊！"

"恩斯来的那本《彭思生里参拜记》，你看到什么地方了？"

"三个东部的野人，三个方正的男子，他们起了崇高的心愿，想去看看什，泻，奥夫，欧耳。"

"你真记得牢！"

象这样的毫无系统，漫无头绪的谈话，我们不谈则已，一谈起头，非要谈到块垒消尽，悲愤泄完的时候不止。唉，可怜有识无产者，这些不平，与你们的脆弱的身体，高亢的精神者，究有可补？罢了罢了，还是回头到正路上去，理点生产罢！

昨天晚上有几位朋友，也在我这里，谈了些这样的闲话，我入睡迟了，所以弄得今天赶车不及，不得不在西子湖边，住宿一宵。我坐在人力车上，孤冷冷的看着上海的清淡的早市，心里只在怨恨朋友，要使我多破费几个旅费。

二

人力车到了北站，站上人物萧条。大约是正在快车开出之后，慢车未发之先，所以现出这沈静的状态。我得了闲空，心里倒生出了一点余裕来，就在北站构内，闲走了一回。因为我此番归去，本来想去看看故乡的景状，只有两袖清风，一只空袋，和填在鞋底里的几张钞票——这是我的脾气，有钱的时候，老把它们填在鞋子底里。一则可以防止扒手，二则因为我受足了金钱迫害，借此也可满足我对金钱复仇的心思，有时候我真有用了全身的气力，拼死踩践它们的举动——而已，身边没有行李，在车站上跑来跑去是非常自由的。

天上的同棉花似的浮云，一块一块的消散开来，有几处竟现出青苍的笑靥来了。灰黄无力的阳光，也在几处看得出来。虽有霏微的海风，一阵阵夹了灰土煤烟，吹到这灰色的车站中间，但是伏天的暑热，已悄悄的在人的腋下腰间送信来了。"啊啊！三伏的暑热，你们不要来缠扰我这消瘦的行路病者！你们且上富家的深闺里去，钻到那些丰肥红白的腿间乳下去，把她们的香液蒸发些出来罢！我只有这一件半旧的夏布长衫，若被汗水污了，明天就没得更换的呀！"这是我想对暑热央告的话头。

在车站上踏来踏去的走了几遍，站上的行人，渐渐的多起来了。男的女的，行者送者，面上都堆着满贮希望的形容，在那里左旋右转。但是我——单只是我个人——也无朋友亲戚来送我的行，更无爱人女弟，来作我的伴，我的脆弱的心中，又无端的起了万千的哀感：

"论才论貌，在中国的二万万男子中间，我也不一定说不得是最下流的人，何以我会变成这样的孤苦呢！我前世犯了什么罪来！我生在什么星的底下？我难道真没有享受快乐的资格么？我不能相信的，我不能相信的。"

这样一想，我就跑上车站的旁边入口处去，好象是看见了我认识的一位美妙的女郎来送我回家的样子。我走到门口，果真见了几个穿时样的白衣裙的女子，刚从人力车下来。其中有一个十七八岁的，戴白色运动软帽的女学生，手里提了三个很重的小皮箧，走近了我的身边。我不知不觉的伸出了一只手去，想为她代拿一个皮箧，她站住了脚，放开了黑晶晶的两只大眼睛很诧异的对我看了一眼。

"啊啊！我错了，我昏了，好妹妹，请你不要动怒，我不是坏人，我不是车站上的小窃，不过我的想象力太强，我把你当作了我的想象中的人物，所以得罪了你。恕我恕我，对不起，对不起，你的两眼的责罚，是我所甘受的，我错了，我昏了。"

我被她的两眼一看，就同将睡了的人受了电击一样，立时涨红了脸，发出了一身冷汗，心里这样的作了一遍谢罪之辞，缩回了手，低下了头，匆匆的逃走了。

啊啊！这不是衣锦还乡，这不是罗皮康的南渡，有谁来送我的行，有谁来作我的伴呢！我的空想也未免太不自量了。我避开了那个女学生，逃到了车站大门口的边上人丛中躲藏的时候，心里还在跳跃不住。凝神屏气的立了一会，向四边偷看了几眼，一种不可捉摸的感情，笼罩上我的全身，我就不得不把我的夏布长衫的小襟拖上面去了。

三

"已经是八点四十五分了。我在这里躲藏也躲藏不过去的，索性快点去买一张票来上车去罢！但是不行不行，两边买票的人这样的多，也许她是在内的，我还是上口头的那近大门的窗口去买罢！这里买票的人正少得很！"

这样的打定了主意，我就东探西望的走上那玻璃窗口，去买了一张车票。伏倒了头，气喘吁吁的跑进了月台，我方晓得刚才买的是一张二等票，想想我脚下的余钱，又想想今晚在杭州不得不付的膳宿费，我心里忽而清了一清。经济与恋爱是不能对立的，刚才那女学生的事情，也渐渐的被我忘了。

浙江虽是我父母之邦，但是浙江的知识阶级的腐败，一班教育家政治家对军人的谄媚与对平民的压制，以及小政客的婢妾的行为，无厌的贪婪，平时想起就要使我作呕。所以我每次回浙江去，总抱一腔羞嫌的恶怀，障扇而过杭州，不愿在西子湖头作半日的勾留。只有这一回，到了山穷水尽，我委委颓颓的逃返家中，却只好仍到我所嫌恶的故土去求一个息壤！投林的倦鸟，返壑的衰狐，当没有我这样的懊丧落胆的。啊啊！浪子的还家，只求老父慈兄，不责备我就对了，那里还有批评故乡，憎嫌故乡的心思，我一想到这一次的卑微的心境，竟又不觉泫泫的落下泪来了。

我孤伶仃的坐在车里，看看外面月台上跑来跑去的旅人，和穿黄色制服的挑夫，觉得模糊零乱，他们与我的中间，有一道冰山隔住的样子。一面看看车站附近各工厂的高高的烟囱，又觉得我的头上身边，都被一层灰色的烟雾包围在那里。我深深的吸了一口气，把车窗打开来看梅雨晴时的空际。天上虽还不能说是晴朗，但一斛晴云，和几道光线，却在那里安慰旅人说：

"雨是不会下了，晴不晴开来，却看你们的运气罢！"

不多一忽，火车慢慢儿的开了。北站附近的贫民窟，同坟墓似的江北人的船室，污泥的水潴，晒在坍败的晒台上的女人的小衣，秽布，劳动者的破烂的衣衫等，一幅一幅的呈到我的眼前来，好象是老天故意把人生的疾苦，编成这一部有系统的纪录，来安慰我的样子。

啊啊，载人离别的你这怪兽！你不终不息的前进，不休不止的前进罢！你且把我的身体，搬到世界尽处去，搬入虚无之境去，一生一世，不要停止，尽是行行，行到世界万物都化作青烟，你我的存在都变成乌有的时候，那我就感激不尽了。

由现代的物质文明产生出来的贫苦之景，渐渐的被大自然掩盖了下去，贫民窟过了，大都会附近这小镇过了，路线的两岸，只有平绿的田畴，美丽的别业，洁净的野路，和壮健的农夫。在这调和的盛夏的野景中间，就是在路上行走的那一乘黄色人力车夫，也有些浪漫的色彩。他好象是童话里的人物，并不是因为衣食的原因，却是为了自家的快乐，拉了车在那里行走的样子。若要在这大自然的微笑中间，指出一件令人不快的事物来，那就是野草中间横躺着的坟冢。穷人的享乐，只有陶醉在大自然怀里的一刹那。在这一刹那中间，他能把现实的痛苦，忘记得干干净净，与悠久的天空，广漠的大地，化而为一。这是何等的残虐，何等的恶毒呢！当这样的地方，这样的时候，把人生的运命，赤裸裸的指给他看！我是主张把中国的坟冢，把野外的枯骨，都掘起来付之一炬，或投入汪洋的大海里去的。

四

过了徐家汇，梵王渡，火车一程一程的进去，车窗外的绿色也一程一程的浓润起来，啊啊，我自失业以来，同鼠子蚊虫，蛰居在上海的自由牢狱里，已经半年多了。我想不到野外的自然，竟长得如此的清新，郊原的空气，会酿得如此的爽健的。啊啊，自然呀，大地呀，生生不息的万物呀，我错了，我不应该离开了你们，到那秽浊的人海中间去觅食去的。

车过了莘庄，天完全变晴了，两旁的绿树技头，蝉声犹如雨降。我侧耳听听，回想我少年时的景象，像在做梦。悠悠的碧落，只留着几条云影，在空际作霓裳的雅舞。一道阳光，遍洒在浓绿的树叶，匀称的稻秧和柔软的青草上面。被黄梅雨盛满的小溪，奇形的野桥，水车的茅亭，高低的土堆，与红墙的古庙，洁净的农场，一幅一幅的同电影似的尽在那里更换。我以车窗作了镜框，把这些天然的图画看得迷醉了，直等火车到松江停住的时候止，我的眼睛竟瞬息也没有移动。唉，良辰美景奈何天，我在这样的大自然里怕已没有生存的资格了罢，因为我的腕力，我的精神，都被现代的文明撒下了毒药，恶化为零，我那里还有执了锄耜，去和农夫耕作的能力呢！

　　正直的农夫呀，你们是世界的养育者，是世界的主人公，我情愿为你们作牛作马，代你们的劳，你们能分一杯麦饭给我吗？

　　车过了松江，风景又添了一味和平的景色。弯了背在田里工作的农夫，草原上散放着的羊群，平桥浅渚，野寺村场，都好象在那里作会心的微笑。火车飞过一处乡村的时候，一家泥墙草舍里忽有几声鸡唱的声音，传了出来。草舍的门口有一个赤膊的农夫，吸着烟站在那里对火车呆看。我看了这样淳朴的村景，就不知不觉的叫了起来：

　　"啊啊! 这和平的村落, 这和平的村落, 我几年不和你相接了"。

　　大约是叫得太响了，我的前后的同车者，都对我放起惊异的眼光来。幸而这是慢车，坐二等车的人不多，否则我只能半途跳下车去，去躲避这一次的羞耻了。我被他们看得不耐烦，并且肚里也觉得有些饥了，用手向鞋底里摸了一摸，迟疑了一会，便叫过茶房来，命他为我搬一客番菜来吃。我动身的时候，脚底下只藏着两张钞票。火车票买后，左脚下的一张钞票已变成了一块多的找头，依理而论是不该在车上大吃的。然而愈有钱愈想节省，愈贫穷愈要瞎化，是一般的心理，我此时也起了自暴自弃的念头：

"横竖是不够的，节省这几个钱，有什么意思，还是吃罢！"

一个欲望满足了的时候，第二个欲望马上要起来的，我喝了汤，吃了一块面包之后，喉咙觉得干渴起来，便又叫茶房把啤酒汽水拿了两瓶来。啊啊，危险危险，我右脚下的一张钞票，已有半张被茶房撕去了。

一边饮食，一边我仍在赏玩窗外的水光云影。在几个小车站上停了几次，轰轰烈烈的过了几铁桥，等我中餐吃完的时候，火车已经过嘉兴驿站了。吃了个饱满，并且带了三分醉意，我心里虽时时想到今晚在杭州的膳宿费，和明天上富阳的轮船票，不免有些忧郁，但是以全体的气概讲来，这时候我却是非常快乐，非常满足的：

"人生是现在一刻的连续，现在能满足，不就好了么？一刻之后的事情，又何必去想它，明天明年的事情，更可丢在脑后了。一刻之后，谁能保得火车不出轨！谁能保得我不死？罢了罢了，我是满足得很！哈哈哈哈……"

我心里这样的很满足的在那里想，我的脚就慢慢的走上车后的眺望台去。因为我坐的这挂车是最后的一挂，所以站在眺望台上，既可细看野景，又可听听鸣蝉，接受些天风。我站在台上，一手捏住铁栏，一手用了半枝火柴在剔牙齿。凉风一阵阵的吹来，野景一幅幅的过去，我真觉得太幸福了。

五

我平生感到幸福的时间，总不能长久。一时觉得非常满足之后，其后必有绝大的悲怀相继而起。我站在车台上，正在快乐的时候，忽而在万绿丛中看见了一幅美满的家庭团叙图，一个年约三十一二的壮健的农夫，两手擎了一个周岁的小孩，在桑树影下笑乐，一个穿青布衫的与农夫年纪相仿的农妇，笑微微的站在旁边守着他们。在他们上面晒着的阳光树影，更把他们的美满的意情表现得分外明显。地上摊着一只饭箩，一瓶茶，几只菜饭碗，这一定是那农妇送来饷她男人的田头食品。啊啊，桑间陌上，夫唱妇随，更有你两个爱情的结晶，在中间作姻缘的缔带，你们是何等幸福呀！然而我呢！啊啊我啊！我是一个有妻不能爱，有子不能抚的无能力者，在人生战场上的惨败者，现在是在逃亡的途中的行路病者，啊！农夫啊农夫，愿你与你的女人和好终身，愿你的小孩聪明强健，愿你的田谷丰多，愿你幸福！你们的灾殃，你们的不幸，全交给了我，凡地上一切的苦恼，悲哀，患难，索性由我一人负担了去吧！

我心里虽这样的在替他们祝福，我的眼泪却连连续续的落了下来。半年以来，因为失业的原因，在上海流离的苦处，我想起来了。三个月前头，我的女人和小孩，孤苦零仃的由这条铁路上经过，萧萧索索的回家去的情状，我也想出来了。啊啊！农家夫妇的幸福，读书阶级的飘零！我女人经过的悲哀的足迹，现在更由我在一步步的践踏过去！若是有情，怎得不哭呢！

四周的景色，忽而变了，一刻前那样丰润华丽的自然的美景，都又好象在那里嘲笑我的样子：

"你回来了么？你在外国住了十几年，学了些什么回来？你的能力怎么不拿些出来让我们看看？现在你有养老婆儿子的本领么？哈哈！你读书无术，到头来还不是归到乡间去啮祖宗的积聚！"

我俯首看看飞行的车轮，看看车轮下的两条白闪闪的铁轨和枕木卵石，忽而感到了一种强烈的死的诱惑。我的两脚抖了起来，踉跄前进了几步，又呆呆的俯视了一忽，两手捏住了铁栏，我闭着眼睛，咬紧牙齿，在脚尖上用了一道死力，便把身体轻轻的抬跳起来了。

六

啊啊，死的胜利！我当时若志气坚强一点，早就脱离了这烦恼悲苦的世界，此刻好坐在天神BEATRICE的脚下拈花作微笑了。但是我那一跳，气力没有用足。我打开眼睛来看时，大地高天，稻田草地，依旧在火车的四周驰骋，车轮的辗声，依旧在我的耳里雷鸣，我的身体却坐在栏杆的上面，绝似病了的鹦鹉，被锁住在铁条上待毙的样子。我看看两旁的美景，觉得半点钟以前的称颂自然美的心境，怎么也回复不过来。我以泪眼与硖石的灵山相对，觉得硖西公园后石山上在太阳光下游玩的几个男女青年，都是挤我出世界外的魔鬼。车到了临平，我再也不能细赏那荷花世界柳丝乡的风味。我只觉得青翠的临平山，将要变成我的埋骨之乡。笕桥过了，艮山门过了。灵秀的宝叔山，奇兀的北高峰，清泰门外贯流着的清浅的溪流，溪流上摇映着的萧疏的杨柳，野田中交叉的窄路，窄路上的行人，前朝的最大遗物，参差婉绕的城墙，都不能唤起我的兴致来。

车到了杭州城站，我只同死刑犯上刑场似的下了月台。一出站内，在青天皎日的底下，看看我儿时所习见的红墙舍，酒馆茶楼，和年轻气锐的生长在都会中的妙年人士，我心里只是怦怦的乱跳，仰不起头来。这种幻灭的心理，若硬要把它写出来的时候，我只好用一个譬喻。譬如当青春年少，我遇着一位绝世佳人，她对我本是初恋，我对她也是第一次的破题儿。两人相携相挽，同睡同行，春花秋月的过了几十个良宵。后来我的金钱用尽，女人也另外有了心爱的人儿，她就学会了嫌恶，同春去了。我只得和悲哀孤独、贫困恼羞结成伴侣。几年在各地流浪之余，我年纪也大了，身体也衰了，披了一身破襻的衣服，仍复回到当时我两人并肩携手的地方。山川草木，星月云霓，仍不改其美丽。我独坐湖滨，正在临流自吊的时候，忽在水面看见了那弃我而去的她的人影像。她容貌同几年前一样的娇柔，衣服同几年前一样的华丽，项下挂着一串珍珠，此从前更加添了一层光彩，额上戴着的一圈玛瑙，此时更红艳多了。且更有难堪者，回头来一看，看见了一位文秀闲雅的美少年，站在她的背后，用了两手在那里摸弄她的腰背。

啊啊！这一种譬喻，值得什么？我当时一下车站，对杭州的天地感得的那一种羞惭懊丧，若以言语可以形容的时候，我当时的夏布长衫，就不会被泪水湿透了，因为说得出譬喻得出的悲怀，还不是世上最伤心的事情呀。我慢慢俯了首，离开了刚下车的人群与争揽客人的车夫和旅馆的招待者，独行踽踽的进了一家旅馆，我的心里好象有千斤重的一块铅石坠在那里的样子。

开了一个单房间，洗了一个手脸，茶房拿了一张纸来，要我填写姓名年岁籍贯职业。我对他呆呆的看了一忽，他好象是疑我不曾出过门，不懂这规矩的样子，所以又仔仔细细的解说了一遍。啊啊，我那里是不懂规矩，我实在是没有写的勇气哟，我的无名的姓氏，我的故乡的籍贯，我的职业！啊啊！叫我写出什么来？

被他催迫不过，我就提起笔来写了一个假名，填上了"异乡人"的三字，在职业栏下写了一个"无"字。不知不觉我的眼泪竟噗嗒噗嗒的滴了两滴在那张纸上。茶房也看得奇怪，向纸上看了一看，又问我说：

"先生府上是那里，请你写上了罢，职业也要写的。"

我是没办法，就把异乡人三字圈了，写上"朝鲜"两字，在职业之下也圈了一圈，填了"浮浪"两字进去。茶房出去之这后，我就关上了房门，倒在床上尽情的暗泣起来了。

七

伏在床上暗泣了一阵，半日来旅行的疲倦，征服了我的心身。在朦胧半觉的中间，我听见了几声咯咯叩门声。糊糊涂涂的起来开了门，我看见祖母，不言不语的站在门外。天色好象晚了，房里只是灰黑的辨不清方向。但是奇怪得很，在这灰黑的空气里，祖母面上的表情，我却看得清清楚楚。这表情不是悲哀，当然也不是愉乐，只有一种压人的庄严的沉默。我们默默的对坐了几分钟，她才移动了那皱纹很多的嘴说：

"达！你太难了，你何以要这样的孤洁呢！你看看窗外！"

我向她指的方向一望，只见窗下街上黑暗嘈杂的人丛里有两个大火把在那里燃烧，再仔细一看，火把中间坐着一位木偶。但是奇极怪极，这木偶的面貌，竟完全与我的一个朋友面貌一样。依这情景看来，大约是赛会了，我回头来正想和祖母说话，房内的电灯拍的响了一声，放起光来了，茶房站在我的床前，问我晚饭如何？我只呆呆的不答，因为祖母是今年二月里刚死的，我正在追想梦里的音容，那里还有心思回茶房的话哩？

遣茶房走了，我洗了一个面，就默默的走出旅馆来。夕阳的残照，在路旁的层楼屋脊上还看得出来。店头的灯火，也星星的上了。日暮的空气，带着微凉，拂上面来。我在羊市街头走了几转，穿过车站的庭前，踏上清泰门前的草地上去。沈静的这杭州故郡，自我去国以来，也受了不少的文明的侵害，各处的旧迹，一天一天被拆毁了。我走到清泰门前，就起了一种怀古之情，走上将拆而犹在的城楼上去。城外一带杨柳桑树上的鸣蝉，叫得可怜。它们的哀吟，一声声沁入了我的心脾，我如同海上的浮尸，把我的情感，全部付托了蝉声，尽做梦似的站在丛残的城堞上看那西北的浮云和暮天的急情，一种淡淡的悲哀，把我的全身溶化了。这时候若有几声古寺的钟声，当当的一下一下，或缓或徐的飞传过来，怕我就要不自觉的从城墙上跳下城濠，把我灵魂和入晚烟之中，去笼罩着这故都的城市。然而南屏还远，CURFEW今晚上不会鸣了。我独自一个冷冷清清的立了好久，看西天只剩了一线红云，把日暮的悲哀尝了个饱满，才慢慢地走下城来。这时候天已黑了，我下城来在路上的乱石上钩了几脚，心里倒起了一种莫名其妙的恐怖。我想想白天在火车上谋杀的心思和此时的恐怖心里一比，就不觉微笑了起来，啊啊，自负为灵长的两足动物哟，你的感情思想，原只是矛盾的连续呀！你的感情思想，原只是矛盾的连续呀！说什么理性？讲什么哲学？

走下了城，踏上清冷的长街，暮色已弥漫在市上了。各家的稀淡的灯光，比数刻前增加了一倍的势力。清泰门直街上行人的影子，一个一个从散射在街上的电灯光里闪过，现出一种日暮的情调来。天气虽还不曾大热，然而有几家却早把小桌子摆在门前，露天的在那里吃饭了。我真成了一个孤独的异乡人，光了两眼，尽在这日暮的长街上行行前进。

我在杭州并非没有朋友，但是他们或当科长，或任参谋，现在正是非常得意的时候，我若飘然去会，怕我自家的心里比他们见我之后憎嫌我的心思更要难受。我在沪上，半年来已经饱受了这种冷眼，到了现在，万一家里容我便可回家永住，万一情状不佳，便拟自决的时候，我再也犯不着讨这些没趣了。我一边默想，一边看看两旁的店家在电灯下围桌晚餐的景象，不知不觉两脚走入了石牌楼的某中学所在的地方。啊啊，桑田沧海的杭州，旗营改变了，湖滨添了些邪恶的中西人的别墅，但是这一条街，只有这一条街，依旧清清冷冷，和十几年前我初到杭州考中学的时候一样。物质文明的幸福，些微也享受不着，现代经济组织的流毒，却受得很多的我，到了这条黑暗的街上，好象是已经回到了故乡的样子，心里忽感到了一种安泰，大约是兴致来了，我就踏进了一家巷口的小酒店里买醉去。

八

在灰黑的电灯底下，面朝了街心，靠着一张粗黑桌子，坐下喝了几杯高粱，我终觉得醉不成功。我的头脑，愈喝酒愈加明晰，对于我现在的境遇反而愈加自觉起来。我放下酒杯，两手托着了头，呆呆的向灰暗的空中凝视了一会，忽而有一种沈郁的哀音夹在黑暗的空气里，渐渐的从远处传了过来。这哀音有使人一步一步在感情中沉没下去的魔力，这本也就是中国管弦乐的特色。过了几分钟，这哀音的发动者渐渐的走近我身边，我才辨出了一种胡琴与碰击磁器的谐音来。啊啊！你们原来是流浪的音乐家，在这半开化的杭州城里想卖艺糊口的可怜虫！

他们二三人的瘦长的清影，和后面跟着看的几个小孩，在酒馆前头掠过了。那一种凄楚的谐音，也一步一步的幽咽了，听不见了。我心里忽起了一种绝大的渴念，想追上他们，去饱尝一回哀音的美味。付清了酒账。我就走出店来，在黑暗中追赶上去。但是他们的几个人，不知走上了什么方向，我拼死的追赶，终究寻他们不着。唉，这昙花的一现，难道是我的幻觉么？难道是上帝显示给我的未来的预言么？但是那悠扬沉郁的弦音和磁盘碰击的声响，还缭绕在我的心中。我在行人稀少的黑暗的街上东奔西走的追寻了一会，没有办法，就从丰乐桥直街走到西湖的边上。

湖上没有月华，湖滨的几家茶楼酒馆，也只有几点清冷的电灯，在那里放淡薄的微光，宽阔的马路上，行人也是廖落得很。我横过了湖塍马路，在湖边上立了许久。湖的三面，只有沉沉的山影，山腰山脚的别庄里，有几点微明的灯光，要静看才看得出来。几颗淡淡的星光，倒映在湖里，微风吹来，湖里起了几声豁豁的浪声。四边静极了。我把一枝吸尽的烟头丢入湖里，啾的响了一声，纸烟的火就熄了。我被这一种静寂的空气压迫不过，就放大了喉咙，对湖心噢噢的发了一声长啸，我的胸中觉得舒畅了许多。沿湖向西走了一段，我忽在树荫下椅子上，发现一对青年男女。他和她的态度太无忌惮了，我心里忽起了一种不快之感，把刚才长啸后畅怀消尽了。

啊啊！青年的男女哟！享受青春，原是你们的特权，也是我平时的主张。但是，但是他们在不幸的孤独者前头，总应该谦逊一点，方能完全你们的爱情的美处。你们且牢记着罢！对了贫儿，切不要把你们的珍珠宝物显给他看，因为贫儿看了，愈要觉得他自家的贫困的呀！

我从人家睡尽的街上，走回城站附近的旅馆里来的时候，已经是深夜了。解衣上床，躺了一会，终觉得睡不着。我就点上一支烟，一边吸着，一边在看帐顶。在沉闷旅舍的空气里，我忽而听见一阵清脆的女人声音，和门外的茶房，在那里说话。

"来哉来哉！咦哟，等得诺（你）半业（日）嗒哉！"

这是轻佻的茶房的声音。

"是那一位叫的？"

"仰（念）三号里！"

"你同我去呵！"

"噢哟，根（今）朝诺（你）个（的）面孔真白嗒！"

茶房领了她从我门口走过，开入到间壁念三号房里去。

"好哉，好哉！活菩萨来哉！"

茶房领到之后，就关上门走下楼去了。

"请坐。"

"不要客气！先生府上是那里？"

"阿拉（我）宁波。"

"是到杭州来耍子的么？"

"来宵（烧）香个。"

"一个人么？"

"阿拉邑个宁（人）京（今）教（朝）体（天）气轧业（热），查拉（为什么）勿赤膊？"

"舍话语！"

"诺（你）勿脱，阿拉要不（替）诺脱哉。"

"不要动手，不要动手！"

"回（还）朴（怕）倒霉索啦？"

"不要动手，不要动手！我自家来解罢。"

"阿拉要摸一摸！"

吃吃的窃笑声，床壁的震动声。

啊啊！本来是神经衰弱的我，即在极安静的地方，尚且有时睡不着觉，那里还经得起这样淫荡的吵闹呢！北京的浙江大老诸君呀，听说杭州有人倡设公娼的时候，你们竭力的反对，你们难道还不晓得你们的子女姐妹在干这种营业，而在扰乱及贫苦的旅人的么？盘踞在当道，只知敲剥百姓的浙江的长官呀！你们只知聚敛，不知济贫，怕你们的妻妾，也要为快乐的原因，学他们的妙技了。唉唉！邑有流亡愧俸钱，你们曾听人说过这句诗否！

九

我睡在床上，被间壁的淫声挑拨得不能合眼，没有方法，只能起来上街去闲步。这时候大约是后半夜的一二点钟的样子，上海的夜车早已到着，羊市街福绿巷的旅店，都有已关门睡了。街上除了几乘散乱停住的人力车外，只有几个敝衣凶貌的罪恶的子孙在灰色的空气里阔步。我一边走一边想起了留学时代在异国的首都里每晚每晚的夜行，把当时的情状与这中国的死灭的都会里这样的流离的状态一比照，觉得我的青春，我的希望，我的生活，都已成了过去的云烟，现在的我和将来的我，只剩极微细的一些儿实味，我觉得自家实际上已经成了一个幽灵了。我用手向身上摸了一摸，觉得指头触着了一种痛苦。

"还好还好，我还活在这里，我还不是幽灵，我还有知觉哩！"

这样的一想，我立时把一刻前的思想打消，却好脚也正走到了拐角的一家饭馆前了。在四邻已经睡寂的这深更夜半，只有这一家店同睡相不好的人的嘴似的空空洞洞的还开在那里。我晚上不曾吃过什么，一见了这家店里的锅子炉灶，便觉得饥饿起来，所以就马上踏了进去。

喝了半斤黄酒，吃了一碗面，到付钱的时候，我又痛悔起来了。我从上海出发的时候，本来只有五元钱的两张钞票。坐二等车已经是不该的了，况又在车上大吃了一场。此时除付过了的酒钱外，只剩得一元几角余钱，明天付过旅宿费，付过早饭账，付过从城站到江干的黄包车钱，那里还有钱购买轮船票呢？我急得没有方法，就在静寂黑暗的街巷里乱走了一阵，我的身体，不知不觉又被两脚搬到西湖边上。湖上的静默的空气，比前半夜，更增加了一层神秘的严肃。游戏场也已经散了，马路上除了拐角头上的没有看见车夫的几乘人力车外，生动的物事一个也没有。我走上环湖马路，在一家往时也曾投宿过的大旅馆的窗下立了许久。看看四边没有人影，我心里忽然来了一种恶魔的诱惑。

"破窗进去罢，去撮取几个钱来罢！"

我用了心里的手，把那扇半掩的窗门轻轻地推开，把窗外的铁杆，细心地拆去了二三枝，从墙上一踏，我就进了那间屋子。我的心眼，看见床前白帐子下摆着一双白花缎的女鞋，衣架上挂着一件纤巧的白华丝纱衫，和一条黑纱裙。我把洗面台的抽斗轻轻抽开，里边在一个小小儿的粉盒和一把白象牙骨折扇的旁边，横躺着一个沿口有光亮的钻珠绽着的女人用的口袋。我向床上看了几次，便把那口袋拿了，走到窗前，心里起了一种怜惜羞悔的心思，又走回去，把口袋放归原处。站了一忽，看看那狭长的女鞋，心里忽又起了一种异想，就伏地去把一只鞋子拿在手里。我把这双女鞋闻了一回，玩了一回，最后又起了一种惨忍的决心，索性把口袋鞋子一齐拿了，跳出窗来。

我幻想到了这里，忽然回复了我的意识，面上就立时变得绯红，额上也钻出了许多珠汗。我眼睛眩晕了一阵，我就急急的跑回城站的旅馆来了。

十

奔回到旅馆里，打开了门，在床上静静的躺了一忽，我的兴奋，渐渐地镇静了下去。间壁的两位幸福者也好象各已倦了，只有几声短促的鼾声和时时从半睡状态里漏出来的一声二声的低幽的梦话，击动我的耳膜。我经了这一番心里的冒险，神经也已倦竭，不多一会，两只眼包皮就也沉沉的盖下来了。

一睡醒来，我没有下床，便放大喉咙，高叫茶房，问他是什么时候。

"十点钟，鲜散（先生）！"

啊啊！我记得接到我祖母的病电的时候，心里还没有听见这一句回话时的恼乱！即趁早班轮船回去，我的经济，已难应付，那里还禁得在杭州再留半日呢？况且下午二点钟开的轮船是快班，价钱比早班要贵一倍。我没有方法，把脚在床上蹬踢了一回，只悻悻的起来洗面。用了许多愤激之辞，对茶房发了一回脾气，我就付了宿费，出了旅馆从羊市街慢慢的走出城来。这时候我所有的财产全部，除了一个瘦黄的身体之外，就是一件半旧的夏布长衫，一套白洋纱的小衫裤，一双线袜，两只半破的白皮鞋和八角小洋。

太阳已经升上了中天，光线直射在我的背上。大约是因为我的身体不好，走不上半里路，全身的粘汗竟流得比平时更多一倍。我看看街上的行人，和两旁的住屋中的男女，觉得他们都很满足的在那里享乐他们的生活，好象不晓得忧愁是何物的样子。背后忽而起了一阵铃响，来了一乘包车，车夫向我骂了几句，跑过去了，我只看见了一个坐在车上穿白纱长衫的少年绅士的背形，和车夫的在那里跑的两只光脚。我慢慢的走了一段，背后又起了一阵车夫的威胁声，我让开了路，回头一看，看见了三部人力车，载着三个很纯朴的女学生，两脚中间各夹着些白皮箱铺盖之类，在那里向我冲过来。她们大约是放了暑假赶回家去的。我此时心里起了一种悲愤，把平时祝福善人的心地忘了，却用了憎恶的眼睛，狠狠的对那些威胁我的人力车夫看了几眼。啊啊，我外面的态度虽则如此凶恶，但一边心里我却在原谅你们的呀！

还乡后记

郁达夫

风烟俱净，天山共色，从流飘荡，任意东西，自富阳至桐庐一百许里，奇山异水，天下独绝。水皆缥碧，千丈见底，游鱼细石，直视无碍，急湍甚箭，猛浪若奔，夹岸高山，皆生寒树，负势竞上，互相轩邈，争高直指，千百成峰。泉水激石，泠泠作响，好鸟相鸣，嘤嘤成韵。蝉则千转不穷，猿则百叫无绝，鸢飞戾天者，望峰息心，经纶世务者，窥谷忘反，横柯上蔽，在昼犹昏，疏条交映，有时见日。

——吴均

一

"比在家庭的怀抱里觉得更好的地方，是什么地方？"

象这样的地方，当然是没有的，法国的这一句古歌，实在是把人情世态道尽了。

当微雨潇潇之夜，你若身眠古驿，看看萧条的四壁，看看一点欲尽的寒灯，倘不想起家庭的人，这人便是没有心肠者，任它草堆也好，破窑也好，你儿时放摇篮的地方，便是你死后最好的葬身之所呀！我们在客中卧病的时候，每每要想及家乡，就是这事的明证。

我空拳只手的奔回家去。到了杭州，又把路费用尽，在赤日的底下，在车行的道上，我就不得不步行出城。缓步当车，说起来倒是好听，但是在二十世纪的堕落的文明里沉浸过的我，既贫贱而又多骄，最喜欢张张虚势，更何况平时是以享乐为主义的我，又那里能够好好的安贫守分，和乡下人一样的蹀躞泥中呢！

这一天阴历的六月初三，天气倒好得很。但是炎炎的赤日，只能助长有钱有势的人的纳凉佳兴，与我这行路病者，却是丝毫无益的！我慢慢的出了凤山门，立在城河桥上，一边用了我那半旧的夏布长衫襟袖，揩拭汗水，一边回头来看看杭州的城市，与杭州城上盖着的青天和城墙界上的一排山岭，真有万千的感慨横亘在胸中。预言者自古不为其故乡所容，我今朝却只能对了故里的丘山，来求最后的荫庇，五柳先生的心事，痛可知了。

啊啊！亲爱的诸君，请你们不要误会，我并非是以预言者自命的人，不过说我流离颠沛，却是与预言者的境遇相同，社会错把我作了天才待遇罢了。即使罗秀才能行破石飞鸡的奇迹，然而他的品格，岂不和飘泊在欧洲大陆，猖狂乞食的其泊西（GIPSY）一样么？

我勉强走到了江干，腹中饥饿得很了。回故乡去的早班轮船，当然已经开出，等下午的快船出发，还有三个钟头。我在杂乱窄狭的南星桥市上飘流了一会，在靠江的一条冷清的夹道里找出了一家坍败的饭馆来。

饭店的房屋的骨格，同我的胸腔一样，肋骨已经一条一条的数得出来了。幸亏还有左侧的一根木橼，从邻家墙上，横着支住在那里，否则怕去秋的潮汛，早好把它拉入了江心，作伍子胥的烧饭柴火去了。店里的几张板凳桌子，都积满了灰尘油腻，好象是前世纪的遗物。账柜上坐着一个四十内外的女人，在那里做鞋子。灰色的店里，并没有什么生动的气象，只有在门口柱上贴着的一张"安寓客商"的尘蒙的红纸，还有些微现世的感觉。我因为脚下的钱已快完，不能更向热闹的街心去寻辉煌的菜馆，所以就慢慢的踱了进去。

啊啊，物以类聚！你这短翼差池的饭馆，你若是二足的走兽，那我正好和你分庭抗礼结为兄弟哩。

二

假使天公下一阵微雨，把钱塘江两岸的风景，罩得烟雨模糊，把江边的泥路，浸得污浊难行，那么这时候江干的旅客，必要减去一半，那么我乘船归去，至少可以少遇见几个晓得我的身世的同乡；即使旅客不因之而减少，只教天上有暗淡的愁云蒙着，阶前屋外有几点雨滴的声音，那么围绕在我周围的空气和自然的景物，总要比现在更带有些阴惨的色彩，总要比现在和我的心境更加相符。若希望再奢一点，我此刻更想有一具黑漆棺木在我的旁边。最好是秋风凉冷的九、十月之交，叶落的林中，阴森的江上，不断地筛着渺蒙的秋雨。我在凋残的芦苇里，雇了一叶扁舟，当日暮的时候，在送灵柩归去。小船上除舟子而外，不要有第二个人。棺里卧着的，若不是和我寝处追随的一个年少妇人，至少也须是一个我的至亲骨肉。我在灰暗微明的黄昏江上，雨声淅沥的芦苇丛中，赤了足，张了油纸雨伞，提了一张灯笼，摸上船头上去焚化纸帛。

我坐在靠江的一张破桌子上，等那柜上的妇人下来替我炒蛋炒饭的时候，看看西兴对岸的青山绿树，看看江上的浩荡波光，又看看在江边沙渚的晴天赤日下，来往的帆樯肩舆和舟子牛车，心里忽起了一种怨恨天帝的心思。我怨恨了一阵，痴想了一阵，就把我的心愿，原原本本的排演了出来。我一边在那里焚化纸帛，一边却对棺里的人说：

"JEANNE！我们要回去了，我们要开船了！怕有野鬼来麻烦，你就拿这一点纸帛送给他们罢！你可要饭吃？你可安稳？你可是伤心？你不要怕，我在这里，我什么地方也不去了，我只在你的边上……"

我幽幽的讲到最后的一句，咽喉就塞住了。我在座上拱了两手，把头伏了下去，两面颊上，只感着了一道热气。我重新把我所欲爱的女人，一个一个想了出来，见她们闭着口眼，冰冷的直卧在我的前头。我觉得隐忍不住了，竟任情的放了一声哭声。那个在炉灶上的妇人，以为我在催她的饭，她就同哄小孩子似的用了柔和的声气说：

"好了好了！就快好了，请再等一会儿！"

啊啊！我又想起来了，我又想起来了，年幼的时候，当我哭泣的时候，祖母母亲哄我的那一种声气！

"已故的老祖母，倚闾的老母亲！你们的不肖的儿孙，现在正落魄了在江干等回故里的船呀！"

我在自己制成的伤心的泪海里游泳了一会，那妇人捧了一碗汤，一碗炒饭，摆到了我的面前来。我仰起头来对她一看，她倒惊了一跳。对我呆看了一眼，她就去绞了一块手巾来递给我，叫我擦一擦面。我对了这半老妇人的殷勤，心里说不出的只在感谢。几日来因为睡眠不足，营养不良的缘故，已经是非常感觉衰弱，动着就要流泪的我，对她的这一种感谢。也变成了两行清泪，噗嗒的滴下了腮来，她看了这种情形，就问我说：

"客人，你可是遇见了坏人？"

我摇了摇头，勉强的对她笑了一笑，什么话也不能回答。她呆呆的立了一回，看我不能讲话，也就留了一句："饭不够吃，再好炒的。"安慰我的话，走向她的柜上去了。

三

我吃完了饭，付了她两角银角子，把找回来的八九个铜子，也送给了她，她却摇着头说："客人，你是赶船的么？船上要用钱的地方多得很哩，这几个铜子你收着用罢！"

我以为她怪我吝啬，只给她几个铜子的小账，所以又摸了两角银角子出来给她。她却睁大了眼睛对我说：

"咿咿！这算什么？这算什么？"

她硬不肯收，我才知道了她的真意，所以说："但是无论如何，我总要给你几个小账的。"

她又推了一会，才收了三个铜子说：

"小账已经有了。"

啊啊，我自回中国以来，遇见的都是些卑污贪暴的野心狼子，我万万想不到在浇薄的杭州城外，有这样的一个真诚的妇人的。妇人呀妇人，你的坍败的屋椽，你的凋零的店铺，大约就是你的真诚的结果，社会对你的报酬！啊啊，我真恨我没有黄金十万，为你建造一家华丽的酒楼。

"再会再会！"

"顺风顺风！船上要小心一点。"

"谢谢！"

我受妇人的怜惜，这可算是平生的第一次。

我出了饭馆，从太阳晒着的冷静的这条夹道，走上轮船公司的那条大街上去。大约是将近午饭的时候了，街上的行人，比曩时少了许多。我走到轮船公司门口，向窗里一看，见账房内有五六个男子围了桌子，赤了膊在那里说笑吃饭。卖票的窗前的屋里，在角头椅上，只坐着两个乡下人，在那里等候，从他们的衣服、态度上看来，他们必是临浦萧山一带的农民，也不知他们有什么心事，他们的眉毛却蹙得紧紧的。

我走近了他们，在他们旁边坐下之后，两人中间的一个看了我一眼，问我说：

"鲜散（先生）！到临浦严办（烟篷）几个脸（钱）？"

"我也不知道，大约是一二角角子罢。"

"喏（你）到啥地方起（去）咯？"

"我上富阳去的。"

"哎（我们）是为得打官司到杭州来咯。"

我并不问他，他却把这一回因为一个学堂里出身的先生告了他的状，不得不到杭州来的事情对我详细地诉说了：

"哎真勿要打官司啦！格煞（现在）田里已（又）忙，宁（人）也走勿开，真真苦煞哉啦！汉（那）个学堂里个（的）鲜散，心也脱凶哉，哎请啦宁刚（讲）过好两遍，情愿拿出八十块洋钿不（给）其（他），其（他）要哎百念块。喏（你）看，格煞五荒六月，教哎啥地方去变出一百念块洋钿来呢！"

他说着似乎是很伤心的样子。

唉唉！你这老实的农民，我若有钱，我就给你一百二十块钱救你出险了。但是

Thou's met me in an evil hour;

To spare thee now is past my power.

我心里这样的一想，又重新起了一阵身世之悲。他看我默默的不语，便也住了口，仍复沉入悲愁的境里去了。

四

我坐在轮船公司的那只角上，默默地与那农民相对，耳里断断续续的听了些在账房里吃饭的人的笑语，只觉得一阵一阵的哀心隐痛，绝似临盆的孕妇，要产产不出来的样子。

杭州城外，自闸口至南星，统江干一带，本是我旧游之地，我记得没有去国之先，在岸边花艇里，金尊檀板，也曾眠醉过几场。江上的明月，月下的青山，与越郡的鸡酒，佐酒的歌姬，当然依旧在那里助长人生的乐趣。但是我呢？我身上的变化呢？我的同干柴似的一双手里，只捏了三个两角的银角子，在这里等买船票！

过了一点多钟，轮船公司的那间屋里，挤满了旅人，我因为怕逢知我的同乡，只俯了首，默默的坐着不敢吐气。啊啊，窗外的被阳光晒着的长街，在街上手轻脚健快快活活来往的行人，请你们饶恕我的罪罢，这时候我心里真恨不得丢一个炸弹，与你们同归于尽呀。

跟了那两个农民，在窗口买了一张烟篷船票，我就走出公司，走上码头，走上跳板，走上驳船去。

原来钱塘江岸，浅滩颇多，码头下有一排很长的跳板，接在那里。我跟了众人，一步一步的从跳板上走到驳船里去的时候，却看见了一个我自家的影子，斜映在江水里，慢慢地在那里前进。等走到跳板尽处，将上驳船的时候，我心里忽而想起了一段我女人写给我的信上的话来：

我从来没有一个人单独出过门，那天晚上，我对你说的让我一个人回去的话，原是激于一时的意气而发，我实不知道抱着一个六个月的孩子的妇人的单独旅行，是如何的苦法的。那天午后，你送我上车，车开之后，我抱了龙儿，看看车里坐着的男女，觉得都比我快乐。我又探头出来，遥向你住着的上海一望，只见了几家工厂，和屋上排列在那里的一列烟囱。我对龙儿看了一眼，就不知不觉的涌出了两滴眼泪。龙儿看了我这样子，也好象有知识似的对我呆住了。他跳也不跳了，笑也不笑了，默默的尽对我呆看。我看了这种样子，更觉得伤心难耐，就把我的颜面俯上他的脸去，紧紧地吻了他一回。他呆了一会，就在我的怀里睡着了。

火车行行前进，我看看车窗外的野景，忽而想起去年你带我出来的时候的景象。啊啊！去岁的初秋，你我一路出来上A地去的快乐的旅行，和这一回惨败了回来的情状一比，当时的感慨如何，大约是你所能推想得出的罢！

在江干的旅馆里过了一夜，第二天的早晨，我差茶房送了一个信给住在江干的我的母舅，他就来了。

把我的行李送上轮船之后，买了票子，他又来陪我上船去。龙儿硬不要他抱，所以我只能抱着龙儿，跟在他后面，一步一步的走上那骇人的跳板去，等跳板走尽的时候，我想把龙儿交给母舅，纵身一跳，跳入钱塘江里去的。但是仔细一想，在昏夜的扬子江边还淹不死的我，在白日的这浅渚里，又那里能达到我的目的？弄得半死不活，走回家去，反而要被人家笑话，还不如忍着罢。

我到家以后，这几天里，简直还没有取过饮食，所以也没有气力写信给你，请你谅我……

五

啊啊，贫贱夫妻百事哀！我的女人吓，我累你不少了。

我走上了驳船，在船篷下坐定之后，就把三个月前，在上海北站，送我女人回家的事情想了出来。忘记了我的周围坐着的同行者，忘记了在那里摇动的驳船，并且忘记了我自家的失意的情怀，我只见清瘦的我的女人抱了我们的营养不良的小孩在火车窗里，在对我流泪。火车随着蒸气机关在那里前进，她的眼泪洒满的苍白的脸儿，也和车轮合着了拍子，一隐一现的在那里窥探我。我对她点一点头，她也对我点一点头。我对她，手招一招，教她等我一忽，她也对我手招一招。我想使尽我的死力，跳上火车去和她坐一块儿，但是心里又怕跳不上去，要跌下来。我迟疑了许久，看她在窗里的愁容，渐渐的远下去，淡下去了，才抱定了决心，站起来向前面伸出了一只手去。我攀着了一根铁干，听见了一声咚咚的冲击的声音，纵身向上一跳，觉得双脚踏在木板上了。忽有许多嘈杂的人声，逼上我的耳膜来，并且有几只强有力的手，突突的向我背后推打了几下。我回转头来一看，方知是驳船到了轮船身边，大家在争先的跳上轮船来，我刚才所攀着的铁干，并不是火车的回栏，我的两脚也并不是在火车中间，却踏在小轮船的舷上了。

我随了众人挤到后面的烟篷角上去占了一个位置，静坐了几分钟，把头脑休息了一下，方才从刚才的幻梦状态里醒了转来。

向船外一望，我看见透明的淡蓝色的江水，在那里反射日光。更抬头起来，望到了对岸，我看见一条黄色的沙滩，一排苍翠的杂树，静静的躺在午后的阳光里吐气。

我弯了腰背，孤伶仃的坐了一忽，轮船开了。在闸口停了一停，这一只同小孩子的玩具似的小轮船就仆独仆独的奔向西去。两岸的树林沙渚，旋转了好几次，江岸的草舍，农夫，和偶然出现的鸡犬小孩，都好象是和平的神话里的材料，在那里等赫西奥特（HESIOD）的吟咏似的。

经过了闻家堰，不多一忽，船就到了东江嘴，上临浦义桥的船客，是从此地换入更小的轮船，溯支江而去的。买票前和我坐在一起的那两个农民，被茶房拉来拉去的拉到了船边，将换入那只等在那里的小轮船去的时候，一个和我讲话过的人，忽而回转头来对我看了一眼，我也不知不觉的回了他一个目礼。啊啊！我真想跟了他们跳上那只小轮船去，因为一个钟头之后，我的轮船就要到富阳了，这回前去停船的第一个码头，就是富阳了，我有什么面目回家去见我的衰亲，见我的女人和小孩呢？

但是命运注定的最坏的事情，终究是避不掉的。轮船将近我故里的县城的时候，我的心脏的鼓动也和轮船的机器一样，仆独仆独的响了起来。等船一靠岸，我就杂在众人堆里，披了一身使人眩晕的斜阳，俯着首走上岸来。上岸之后，我却走向和回家的路径方向相反的一个冷街上的土地庙去坐了两点多钟。等太阳下山，人家都在吃晚饭的时候，我方才乘了夜阴，走上我们家里的后门边去。我侧耳一听，听见大家都在庭前吃晚饭，偶尔传过来的一声我女人和母亲的说话的声音，使我按不住的想奔上前去，和她们去说一句话，但我终究忍住了。乘后门边没有一个人在，我就放大了胆，轻轻推开了门，不声不响的摸上楼，上我的女人的房里去睡了。

晚上我的女人到房里来睡的时候，如何的惊惶，我和她如何的对泣，我们如何的又想了许多谋自尽的方法，我在此地不记下来了，因为怕人家说我是为欲引起人家的同情的缘故，故意的在夸张我自家的苦处。

一九二三年八月十九日

钓台的春昼

郁达夫

　　因为近在咫尺，以为什么时候要去就可以去，我们对于本乡本土的名区胜景，反而往往没有机会去玩，或不容易下一个决心去玩的。正唯其是如此，我对于富春江上的严陵，二十年来，心里虽每在记着，但脚却没有向这一方面走过。一九三一，岁在辛未，暮春三月，春服未成，而中央党帝，似乎又想玩一个秦始皇所玩过的把戏了，我接到了警告，就仓皇离去了寓居。先在江浙附近的穷乡里，游息了几天，偶而看见了一家扫墓的行舟，乡愁一动，就定下了归计。绕了一个大弯，赶到故乡，却正好还在清明寒食的节前。和家人等去上了几处坟，与许久不曾见过面的亲戚朋友，来往热闹了几天，一种乡居的倦怠，忽而袭上心来了，

　　于是乎我就决心上钓台访一访严子陵的幽居。

　　钓台去桐庐县城二十余里，桐庐去富阳县治九十里不足，自富阳溯江而上，坐小火轮三小时可达桐庐，再上则须坐帆船了。

　　我去的那一天，记得是阴晴欲雨的养花天，并且系坐晚班轮去的，船到桐庐，已经是灯火微明的黄昏时候了，不得已就只得在码头近边的一家旅馆的楼上借了一宵宿。

　　桐庐县城，大约有三里路长，三千多烟灶，一二万居民，地在富春江西北岸，从前是皖浙交通的要道，现在杭江铁路一开，似乎没有一二十年前的繁华热闹了。尤其要使旅客感到萧条的，却是桐君山脚下的那一队花船的失去了踪影。说起桐君山，却是桐庐县的一个接近城市的灵山胜地，山虽不高，但因有仙，自然是灵了。以形势来论，这桐君山，也的确是可以产生出许多口音生硬，别具风韵的桐严嫂来的生龙活脉。地处在桐溪东岸，正当桐溪和富春江合流之所，依依一水，西岸便瞰视着桐庐县市的人家烟村。南面对江，便是十里长洲；唐诗人方干的故居，就在这十里桐洲九里花的花田深处。向西越过桐庐县城，更遥遥对着一排高低不定的青峦，这就是富春山的山子山孙了。东北面山下，是一片桑麻沃地，有一条长蛇似的官道，隐而复现，出没盘曲在桃花杨柳洋槐榆树的中间，绕过一支小岭，便是富阳县的境界，大约去程明道的墓地程坟，总也不过一二十里地的间隔。我的去拜谒桐君，瞻仰道观，就

在那一天到桐庐的晚上，是淡云微月，正在作雨的时候。

鱼梁渡头，因为夜渡无人，渡船停在东岸的桐君山下。我从旅馆踱了出来，先在离轮埠不远的渡口停立了几分钟。后来向一位来渡口洗夜饭米的年轻少妇，弓身请问了一回，才得到了渡江的秘诀。她说："你只须高喊两三声，船自会来的。"先谢了她教我的好意，然后以两手围成了播音的喇叭，"喂，喂，渡船请摇过来！"地纵声一喊，果然在半江的黑影当中，船身摇动了。渐摇渐近，五分钟后，我在渡口，却终于听出了咿呀柔橹的声音。时间似乎已经入了酉时的下刻，小市里的群动，这时候都已经静息，自从渡口的那位少妇，在微茫的夜色里，藏去了她那张白团团的面影之后，我独立在江边，不知不觉心里头却兀自感到了一种他乡日暮的悲哀。渡船到岸，船头上起了几声微微的水浪清音，又铜东的一响，我早已跳上了船，渡船也已经掉过头来了。坐在黑影沉沉的舱里，我起先只在静听着柔橹划水的声音，然后却在黑影里看出了一星船家在吸着的长烟管头上的烟火，最后因为被沉默压迫不过，我只好开口说话了："船家！你这样的渡我过去，该给你几个船钱？"我问。"随你先生把几个就是。"船家的说话冗慢幽长，似乎已经带着些睡意，我就向袋里摸出了两角钱来。"这两角钱，就算是我的渡船钱，请你候我一会，上山去烧一次夜香，我是依旧要渡过江来的。"船家的回答，只是恩恩乌乌，幽幽同牛叫似的一种鼻音，然而从继这鼻音而起的两三声轻快的咳声听来，他却似已经在感到满足了，因为我也知道，乡间的义渡，船钱最多也不过是两三枚铜子而已。

到了桐君山下，在山影和树影交掩着的崎岖道上，我上岸走不上几步，就被一块乱石绊倒，滑跌了一次。船家似乎也动了恻隐之心了，一句话也不发，跑将上来，他却突然交给了我一盒火柴。我于感谢了一番他的盛意之后，重整步武，再摸上山去，先是必须点一枚火柴走三五步路的，但到得半山，路既就了规律，而微云堆里的半规月色，也朦胧地现出一痕银线来了，所以手里还存着的半盒火柴，就被我藏入了袋里。路是从山的西北，盘曲而上，渐走渐高，半山一到，天也开朗了一点，桐庐县市上的灯火，也星星可数了。更纵目向江心望去，富春江两岸的船上和桐溪合流口停泊着的船尾船头，也看得出一点一点的火来。走过半山，桐君观里的晚祷钟鼓，似乎还没有息尽，耳朵里仿佛听见了几丝木鱼钲钹的残声。走上山顶，先在半途遇着了一道道观外围的女墙，这女墙的栅门，却已经掩上了。在栅门外徘徊了一刻，觉得已经到了此门而不进去，终于是不能满足我这一次暗夜冒险的好奇怪僻的。所以细想了几次，还是决心进去，非进去不可，轻轻用手往里面一推，栅门却呀的一声，早已退向了后方开开了，这门原来是虚掩在那里的。进了栅门，踏着为淡月所映照的石砌平路，向东向南的前走了五六十步，居然走到了道观的大门之外，这两扇朱红漆的大门，不消说是紧闭在那里的。到了此地，我却不想再破门进去了，因为这大门是朝南向着大江开的，门外头是一条一丈来宽的石砌步道，步道的一旁是道观的墙，一旁便是山坡，靠山坡的一面，并且还有一道二尺来高的石墙筑在那里，大约是代替栏杆，防人倾跌下山去的用意，石墙之上，铺的是二三尺宽的青石，在这似石栏又似石凳的墙上，尽可以坐卧游息，饱看桐江和对岸的风景，就是在这里坐它一晚，也很可以，我又何必去打开门来，惊起那些老道的恶梦呢！

空旷的天空里，流涨着的只是些灰白的云，云层缺处，原也看得出半角的天，和一点两点的星，但看起来最饶风趣的，却仍是欲藏还露，将见仍无的那半规月影。这时候江面上似乎起了风，云脚的迁移，更来得迅速了，而低头向江心一看，几多散乱着的船里的灯光，也忽明忽灭地变换了一变换位置。

这道观大门外的景色，真神奇极了。我当十几年前，在放浪的游程里，曾向瓜州京口一带，消磨过不少的时日。那时觉得果然名不虚传的，确是甘露寺外的江山，而现在到了桐庐，昏夜上这桐君山来一看，又觉得这江山之秀而且静，风景的整而不散，却非那天下第一江山的北固山所可与比拟的了。真也难怪得严子陵，难怪得戴征士，倘使我若能在这样的地方结屋读书，以养天年，那还要什么的高官厚禄，还要什么的浮名虚誉哩？一个人在这桐君观前的石凳上，看看山，看看水，看看城中的灯火和天上的星云，更做做浩无边际的无聊的幻梦，我竟忘记了时刻，忘记了自身，直等到隔江的击拆声传来，向西一看，忽而觉得城中的灯影微茫地减了，才跑也似地走下了山来，渡江奔回了客舍。

第二日侵晨，觉得昨天在桐君观前做过的残梦正还没有续完的时候，窗外面忽而传来了一阵吹角的声音。好梦虽被打破，但因这同吹篥篥似的商音哀咽，却很含着些荒凉的古意，并且晓风残月，杨柳岸边，也正好候船待发，上严陵去；所以心里虽怀着了些儿怨恨，但脸上却只现出了一痕微笑，起来梳洗更衣，叫茶房去在船去。雇好了一只双桨的渔舟，买就了些酒菜鱼米，就在旅馆前面的码头上上了船，轻轻向江心摇出去的时候，东方的云幕中间，已现出了几丝红晕，有八点多钟了。舟师急得厉害，只在埋怨旅馆的茶房，为什么昨晚上不预先告诉，好早一点出发。因为此去就是七里滩头，无风七里，有风七十里，上钓台去玩一趟回来，路程虽则有限，但这几日风雨无常，说不定要走夜路，才回来得了的。

过了桐庐，江心狭窄，浅滩果然多起来了。路上遇着的来往的行舟，数目也是很少，因为早晨吹的角，就是往建德去的快班船的信号，快班船一开，来往于两岸之间的船就不十分多了。两岸全是青青的山，中间是一条清浅的水，有时候过一个沙洲。洲上的桃花菜花，还有许多不晓得名字的白色的花，正在喧闹着春暮，吸引着蜂蝶。我在船头上一口一口地喝着严东关的药酒，指东话西地问着船家，这是什么山，那是什么港，惊叹了半天，称颂了半天，人也觉得倦了，不晓得什么时候，身子却走上了一家水边的酒楼，在和数年不见的几位已经做了党官的朋友高谈阔论。谈论之余；还背诵了一首两三年前曾在同一的情形之下做成的歪诗：

不是尊前爱惜身，伴狂难免假成真，曾因酒醉鞭名马，生怕情多累美人。劫数东南天作孽，鸡鸣风雨海扬尘，悲歌痛哭终何补，义士纷纷说帝秦。

直到盛筵将散，我酒也不想再喝了，和几位朋友闹得心里各自难堪，连对旁边坐着的两位陪酒的名花都不愿意开口。正在这上下不得的苦闷关头，船家却大声的叫了起来说：

"先生，罗芷过了，钓台就在前面，你醒醒罢，好上山去烧饭吃去。"

擦擦眼睛，整了一整衣服，抬起头来一看，四面的水光山色又忽而变了样子了。清清的一条浅水，比前又窄了几分，四围的山包得格外的紧了，仿佛是前无去路的样子。并且山容峻削，看去觉得格外的瘦格外的高。向天上地下四围看看，只寂寂的看不见一个人类。双桨的摇响，到此似乎也不敢放肆了，钩的一声过后，要好半天才来一个幽幽的口响，静，静，静，身边水上，山下岩头，只沉浸着太古的静，死灭的静，山峡里连飞鸟的影子也看不见半只。前面的所谓钓台山上，只看得见两大个石垒，一间歪斜的亭子，许多纵横芜杂的草木。山腰里的那座祠堂，也只露着些废垣残瓦，屋上面连炊烟都没有一丝半缕，像是好久好久没有人住了的样子。并且天气又来得阴森，早晨曾经露一露脸过的太阳，这时候早已深藏在云堆里了，余下来的只是时有时无从侧面吹来的阴飔飔的半箭儿山风。船靠了山脚，跟着前面背着酒菜鱼米的船夫走上严先生树堂的时候，我心里真有点害怕，怕在这荒山里要遇见一个于枯苍老得同丝瓜筋似的严先生的鬼魂。

在祠堂西院的客厅里坐定，和严先生的不知第几代的青孙谈了几句关于年岁水旱的话后，我的心跳也渐渐儿的镇静下去了，嘱托了他以煮饭烧菜的杂务，我和船家就从断碑乱石中间爬上了钓台。

东西两石垒，高各有二三百尺，离江面约两里来远，东西台相去只有一二百步，但其间却买着一条深谷。立在东台，可以看得出罗芷的人家，回头展望来路，风景似乎散漫一点，而一上谢氏的西台，向西望去，则幽谷里的清景，却绝对的不像是在人间了。我虽则没有到过瑞士，但到了西台，朝西一看，立时就想起了曾在照片上看见过的威廉退儿的祠堂。这四山的幽静，这江水的青蓝，简直同在画片上的珂罗版色彩，一色也没有两样，所不同的就是在这儿的变化更多一点，周围的环境更芜杂不整齐一点而已，但这却是好处，这正是足以代表东方民族性的颓废荒凉的美。

从钓台下来，回到严先生的祠堂——记得这是洪杨以后严州知府戴槃重建的祠堂——西院里饱啖了一顿酒肉，我觉得有点酩酊微醉了。手拿着以火柴柄制成的牙签，走到东面供着严先生神像的龛前，向四面的破壁上一看，翠墨淋漓，题在那里的，竟多是些俗而不雅的过路高官的手笔。最后到了南面的一块白墙头上，在离屋檐不远的一角高处，却看到了我们的一位新近去世的同乡夏灵峰先生的四句似邵尧夫而又略带感慨的诗句。夏灵峰先生虽则只知崇古，不善处今，但是五十年来，像他那样的顽固自尊的亡清遗老，也的确是没有第二个人。比较起现在的那些官迷财迷的南满尚书和东洋宦婢来，他的经术言行，姑且不必去论它，就是以骨头来称称，我想也要比什么罗三郎郑太郎辈，重到好几百倍。慕贤的心一动，熏人臭技自然是难熬了，堆起了几张桌椅，借得了一枝破笔，我也向高墙上在夏灵峰先生的脚后放上了一个陈屁，就是在船舱的梦里，也曾微吟过的那一首歪诗。

从墙头上跳将下来，又向龛前天井去走了一圈，觉得酒后的干喉，有点渴痒了，所以就又走回到了西院，静坐着喝了两碗清茶。

在这四大无声，只听见我自己的嗽嗽喝水的舌音冲击到那座破院的败壁上去的寂静中间，同惊雷似地一响，院后的竹园里却忽而飞出了一声闲长而又有节奏似的鸡啼的声来。同时在门外面歇着的船家，也走进了院门，高声的对我说：

"先生，我们回去罢，已经是吃点心的时候了，你不听见那只鸡在后山啼么？我们回去罢！"

一九三二年八月在上海

乡情小札

曹靖华

五里川，四面云山……

提起故乡，记得童年时，父亲有过一句："五里川，四面云山。"

事隔半个世纪，其它的话，记不清了。仅这一句，也足以说明家乡是在四面云山之中，中间有一道从西往东，约五里长的平川，名五里川。沿着平川，有一道河，也是由西向东，经朱阳关、内乡、至汉阳，流入汉江，汇入长江了。

家乡那"四面云山"，实际是"四面童山"。"童山"不毛，光秃秃的，没有森林。森林都在老南山，那是与陕西商洛地区交界的地方，有大片繁茂的森林。而接近平川的，世世代代砍伐，都变成了不毛的童山。站在故乡的家门口就可以望见的前山、人鸡冠、小鸡冠，等等，早都成了童山。内乡、洛宁等地的山，也都是如此。历代只知取材，不知育林，以至成了今天的结果，实在可惜。

　　俗云：靠山吃山，靠水吃水。"吃山"，还需"养山"，光"吃"不"养"再富的宝山也"坐吃山空"。从千秋万代着想，建设山区的重要任务之一在于封山育林。家乡的这些山，大可栽上软枣（又称黑枣，可作嫁接柿树的母本），胡桃等果树，也可栽上泡桐、桦栎树、漆树等有较高经济价值的树种。"要想富，种桐树"，泡桐树，生长快，材质轻韧，不翘不裂，耐腐防蛀。我们河南省兰考、灵宝等地，年年有大批泡桐远销日本。桦栎树，有的地方叫青杠树，巨干凌空，直峭挺拔，是很好的建筑材料，又可丛生木耳。去年六月，回家乡时，车过鱼塘沟，河滩上堆了很多桦栎木料，上面就生有大黑木耳。司机惊奇地摘了一个"显木耳"。这在当地平常得很。家乡的漆、木耳、草药，早在我童年时代，就是传统的"出口"物资。

　　事在人为，有人带头，满山遍野，都可生长有用之物。我们应当积极响应党的号召，组织、安排力量，对山区各种资源与物产进行研究，有计划地利用与发展，封山育林。让家乡光秃秃的"四面童山"都披着绿色服装，春华秋实，绚丽多姿。把历代落后的穷山窝，变成美丽富饶的乐土吧。

我想，这是我，也是家乡人民热切的期望……

草木情深

卢氏、五里川的荒山上，除了高不盈尺的荒草之外，几乎是不毛之地。这种荒草，自生自灭，不曾引起任何人注意，连放牛、割草的儿童，也不曾把它放在眼里。可就是它，在秋风中枯萎、腐烂，待到次年，连绵春雨一过，就变成满山遍野黑黝黝、柔软而光洁的"地软"，这是家乡人最爱吃的野味。都晓得，木耳是从腐朽的木头上生的，其形似耳，故称木耳。以此类推，"地软"的"正名"，当称"草耳"了。可历来没人这么称呼。而且，因为无人收购，自生自灭，名也难远扬了。我童年时，清明前后，春雨一过，最爱到山上拾"地软"。抬回来后，用它下面条、包包子或炒菜，最好吃不过了。

故乡还有一种野菜，其形如拳，故名"拳菜"。这比起鲁迅先生当年收到我邮寄的"闻所未闻"的猴头来，大概更令人惊奇了。试想：一个个拳头，从地下伸出来，是在恭候侵略者吧："眼红吗？来吧，尝尝老子的拳头！"

"拳菜"，只在熊耳山腹地的家乡有，连县城也没听说过。民国初年，我在县城高小读了三年半书，那儿当年荟萃了全县的同学，可是不曾有人提到过"拳菜"。这恐怕正是像家乡常说的："天上没有地下缺"的熊耳山深山中特有之物吧？多么奇妙而可爱的家乡啊！

117

家乡奇特的东西还多着呢！还有一件当地所特有而外边"闻所未闻"的东西——五贝子（或五味子）。其学名不详，这是按当地人的称呼，仿音写的，但不是类似的药用植物或作染料用的有着类似名称的那种东西。

这是一种藤上结的浆果，和当地的山葡萄一齐上市。晒不干就坏了，既不便远运，又不易久存，只有临时摘来吃。它约二寸来长，中间有一根轴，轴的四周，长满比红玛瑙珠儿还鲜艳的浆果。既好看，又好吃。酸中带甜，味极鲜美。可惜不能久存，很短时间就下市了……

这些都是幼年时常吃的野味。想不到，大半个世纪后，我躺在北京医院的病床上，牧童时代的影子，竟顽强地闯进脑海。故乡山野的生活，多么令人留恋！

一个人，不管他到了什么地方，即便登上月球，也总感到故乡最可爱。不然，故乡的一山一水、一草一木，怎么会如此顽强地闯入我这八十多岁的人梦中，勾起我无限眷恋呢！

今天，多少名贵的果品、蔬菜、山珍，往往都是由山野里并不引人注意的野果、野菜培育成的。故乡的这些野味，倘得力于有心人着意研究、培植、改进，谁能说，它们一定不会成为名传遐迩又惠及全国的奇珍呢？

梦痕

丰子恺

　　我的左额上有一条同眉毛一般长短的疤。这是我儿时游戏中在门槛上跌破了头颅而结成的。相面先生说这是破相，这是缺陷。但我自己美其名曰"梦痕"。因为这是我的梦一般的儿童时代所遗留下来的唯一的痕迹。由这痕迹可以探寻我的儿童时代的美丽的梦。

　　我四五岁时，有一天，我家为了"打送"（吾乡风俗，亲戚家的孩子第一次上门来作客，辞去时，主人家必做几盘包子送他，名曰

"打送"）某家的小客人，母亲、姑母、婶母和诸姊们都在做米粉包子。厅屋的中间放一只大匾，匾的中央放一只大盘，盘内盛着一大堆粘土一般的米粉，和一大碗做馅用的甜甜的豆沙。大家围坐在大匾的四周。各人卷起衣袖，向盘内摘取一块米粉来，捏做一只碗的形状；夹取一筷豆沙来藏在这"碗内"；然后把"碗口"收拢来，做成一个圆子。再用手法把圆子捏成三角形，扭出三条绞丝花纹的脊梁来；最后在脊梁凑合的中心点上打一个红色的"寿"字印子，包子便做成。一圈一圈地陈列在大匾内，样子很是好看。大家一边做，一边兴高采烈地说笑。有时说谁的做得太小，谁的做得太大；有时盛称姑母的做得太玲珑，有时笑指母亲的做得象个饼。笑语之声，充满一堂。这是年中难得的全家欢笑的日子。而在我，做孩子们的，在这种日子更有无上的欢乐；在准备做包子时，我得先吃一碗甜甜的豆沙。做的时候，我只要噪闹一下子，母亲们会另做一只小包子来给我当场就吃。

新鲜的米粉和新鲜的豆沙，热热地做出来就吃，味道是好不过的。我往往吃一只不够，再噪闹一下子就得吃第二只。倘然吃第二只还不够，我可嚷着要替她们打寿字印子。这印子是不容易打的：蘸的水太多了，打出来一塌糊涂，看不出寿字；蘸的水太少了，打出来又不清楚；况且位置要摆得正，歪了就难看；打坏了又不能揩抹涂改。所以我嚷着要打印子，是母亲们所最怕的事。她们便会和我商量，把做圆子收口时摘下来的一小粒米粉给我，叫我"自己做来自己吃"。这正是我所盼望的主目的！开了这个例之后，各人做圆子收口时摘下来的米粉，就都得照例归我所有。再不够时还得要求向大盘中扭一把米粉来，自由捏造各种粘土手工：捏一个人，团拢了，改捏一个狗，再团拢了，再改捏一只水烟管……捏到手上的龌龊都混入其中，而雪白的米粉变成了灰色的时候，我再向她们要一朵豆沙来，裹成各种三不象的东西，吃下肚子里去。这一天因为我噪得特别厉害些，姑母做了两只小巧玲珑的包子给我吃，母亲又外加摘一团米粉给我玩。为求自由，我不在那场上吃弄，拿了到店堂里，和五哥哥一同玩弄。五哥哥者，后来我知道是我们店里的学徒，但在当时我只知道他是我儿时的最亲爱的伴侣。他的年纪比我长，智力比我高，胆量比我大，他常做出种种我所意想不到的玩意儿来，使得我惊奇。这一天我把包子和米粉拿出去同他共玩，他就寻出几个印泥菩萨的小形的红泥印子来，教我印米粉菩萨。

后来我们争执起来，他拿了他的米粉菩萨逃，我就拿了我的米粉菩萨追。追到排门旁边，我跌了一跤，额骨磕在排门槛上，磕了眼睛大小的一个洞，便晕迷不省。等到知觉的时候，我已被抱在母亲手里，外科郎中蔡德本先生，正在用布条向我的头上重重叠叠地包裹。

自从我跌伤以后，五哥哥每天乘店里空闲的时候到楼上来省问我。来时必然偷偷地从衣袖里摸出些我所爱玩的东西来——例如关在自来火匣子里的几只叩头虫，洋皮纸人头，老菱壳做成的小脚，顺治铜钿磨成的小刀等——送给我玩，直到我额上结成这个疤。

讲起我额上的疤的来由，我的回想中印象最清楚的人物，莫如五哥哥。而五哥哥的种种可惊可喜的行状，与我的儿童时代的欢乐，也便跟了这回想而历历地浮出到眼前来。

他的行为的顽皮，我现在想起了还觉吃惊。但这种行为对于当时的我，有莫大的吸引力，使我时时刻刻追随他，自愿地做他的从者。他用手捉住一条大蜈蚣，摘去了它的有毒的钩爪，而藏在衣袖里，走到各处，随时拿出来吓人。我跟了他走，欣赏他的把戏。他有时偷偷地把这条蜈蚣放在别人的瓜皮帽子上，让它沿着那人的额骨爬下去，吓得那人直跳起来。有时怀着这条蜈蚣去登坑，等候邻席的登坑者正在拉粪的时候，把蜈蚣丢在他的裤子上，使得那人扭着裤子乱跳，累了满身的粪。又有时当众人面前他偷把这条蜈蚣放在自己的额上，假装被咬的样子而号淘大哭起来，使得满座的人惊惶失措，七手八脚地为他营救。正在危急存亡的时候，他伸起手来收拾了这条蜈蚣，忽然破涕为笑，一缕烟逃走了。后来这套戏法渐渐做穿，有的人警告他说，若是再拿出蜈蚣来，要打头颈拳了。于是他换出别种花头来：他躲在门口，等候警告打头颈拳的人将走出门，突然大叫一声，倒身在门槛边的地上，乱滚乱撞，哭着嚷着，说是践踏了一条臂膊粗的大蛇，但蛇是已经攒进榻底下去了。

走出门来的人被他这一吓，实在魂飞魄散；但见他的受难比他更深，也无可奈何他，只怪自己的运气不好。

他看见一群人蹲在岸边钓鱼，便参加进去，和蹲着的人闲谈。同时偷偷地把其中相接近的两人的辫子梢头结住了，自己就走开，躲到远处去作壁上观。被结住的两人中若有一人起身欲去，滑稽剧就演出来给他看了。诸如此类的恶戏，不胜枚举。

现在回想他这种玩耍，实在近于为虐的戏谑。但当时他热心地创作，而热心地欣赏的孩子，也不止我一个。世间的严正的教育者，请稍稍原谅他的顽皮！我们的儿时，在私塾里偷偷地玩了一个折纸手工，是要遭先生用铜笔套管在额骨上猛钉几下，外加在至圣先师孔子之神位面前跪一支香的！况且我们的五哥哥也曾用他的智力和技术来发明种种富有趣味的玩意，我现在想起了还可以神往。暮春的时候，他领我到田野去偷新蚕豆。把嫩的生吃了，而用老的来做"蚕豆水龙"。其做法，用煤头纸火把老蚕豆荚熏得半熟，剪去其下端，用手一捏，荚里的两粒豆就从下端滑出，再将荚的顶端稍稍剪去一点，使成一个小孔。然后把豆荚放在水里，待它装满了水，以一手的指捏住其下端而取出来，再以另一手的指用力压榨豆荚，一条细长的水带便从豆荚的顶端的小孔内射出。制法精巧的，射水可达一二丈之远。他又教我"豆梗笛"的做法：摘取豌豆的嫩梗长约寸许，以一端塞入口中轻轻咬嚼，吹时便发嗒嗒之音。再摘取蚕豆梗的下段，长约四五寸，用指爪在梗上均匀地开几个洞，作成豆的样子。然后把豌豆梗插入这笛的一端，用两手的指随意启闭各洞而吹奏起来，其音宛如无腔之短笛。他又教我用洋蜡烛的油作种种的浇造和塑造。用芋艿或番薯镌刻种种的印版，大类今的木版画。……诸如此类的玩意，亦复不胜枚举。

现在我对这些儿时的乐事久已缘远了。但在说起我额上的疤的来由时，还能热烈地回忆神情活跃的五哥哥和这种兴致蓬勃的玩意儿。谁言我左额上的疤痕是缺陷？这是我的儿时欢乐的佐证，我的黄金时代的遗迹。过去的事，一切都同梦幻一般地消灭，没有痕迹留存了。

只有这个疤,好象是"脊杖二十,刺配军州"时打在脸上的金印,永久地明显地录着过去的事实,一说起就可使我历历地回忆前尘。仿佛我是在儿童世界的本贯地方犯了罪,被刺配到这成人社会的"远恶军州"来的。这无期的流刑虽然使我永无还乡之望,但凭这脸上的金印,还可回溯往昔,追寻故乡的美丽的梦啊!

我是扬州人

朱自清

有些国语教科书里选得有我的文章，注解里或说我是浙江绍兴人，或说我是江苏江都人——就是扬州。有人疑心江苏江都人是错了，特地老远的写信托人来问我。我说两个籍贯都不算错，但是若打官话，我得算浙江绍兴人。浙江绍兴是我的祖籍或原籍，我从进小学就填的这个籍贯；直到现在，在学校里服务快三十年了，还是报的这个籍贯。不过绍兴我只去过两回，每回只住了一天；而我家里除先母外，没一个人会说绍兴话。

我家是从先祖才到江苏东海做小官。东海就是海州，现在是陇海路的终点。我就生在海州。四岁的时候先父又到邵伯镇做小官，将我们接到那里。海州的情形我全不记得了，只对海州话还有亲热感，因为父亲的扬州话里夹着不少海州口音。在邵伯住了差不多两年，是住在万寿宫里。万寿宫的院子很大，很静；门口就是运河。河坎很高，我常向河里扔瓦片玩儿。邵伯有个铁牛湾，那儿有一条铁牛镇压着。父亲的当差常抱我去看它，骑它，抚摩它。镇里的情形我也差不多忘记了。只记住在镇里一家人家的私塾里读过书，在那里认识了一个好朋友叫江家振。我常到他家玩儿，傍晚和他坐在他家荒园里一根横倒的枯树干上说着话，依依不舍，不想回家。这是我第一个好朋友，可惜他未成年就死了；记得他瘦得很，也许是肺病罢？

　　六岁那一年父亲将全家搬到扬州。后来又迎养先祖父和先祖母。父亲曾到江西做过几年官，我和二弟也曾去过江西一年；但是老家一直在扬州住着。我在扬州读初等小学，没毕业；读高等小学，毕了业；读中学，也毕了业。我的英文得力于高等小学里一位黄先生，他已经过世了。还有陈春台先生，他现在是北平著名的数学教师。这两位先生讲解英文真清楚，启发了我学习的兴趣；只恨我始终没有将英文学好，愧对这两位老师。还有一位戴子秋先生，也早过世了，我的国文是跟他老人家学着做通了的，那是辛亥革命之后在他家夜塾里的时候。中学毕业，我是十八岁，那年就考进了北京大学预科，从此就不常在扬州了。

就在十八岁那年冬天，父亲母亲给我在扬州完了婚。内人武钟谦女士是杭州籍，其实也是在扬州长成的。她从不曾去过杭州；后来同我去是第一次。她后来因为肺病死在扬州，我曾为她写过一篇《给亡妇》。我和她结婚的时候，祖父已死了好几年了。结婚后一年祖母也死了。他们两老都葬在扬州，我家于是有祖茔在扬州了。

后来亡妇也葬在这祖茔里。母亲在抗战前两年过去，父亲在胜利前四个月过去，遗憾的是我都不在扬州；他们也葬在那祖茔里。这中间叫我痛心的是死了第二个女儿！她性情好，爱读书，做事负责任，待朋友最好。已经成人了，不知什么病，一天半就完了！她也葬在祖茔里。我有九个孩子。除第二个女儿外，还有一个男孩不到一岁就死在扬州；其余亡妻生的四个孩子都曾在扬州老家住过多少年。这个老家直到今年夏初才解散了，但是还留着一位老年的庶母在那里。

我家跟扬州的关系，大概够得上古人说的"生于斯，死于斯，歌哭于斯"了。现在亡妻生的四个孩子都已自称为扬州人了；我比起他们更算是在扬州长成的，天然更该算是扬州人了。但是从前一直马马虎虎的骑在墙上，并且自称浙江人的时候还多些，又为了什么呢？这一半因为报的是浙江籍，求其一致；一半也还有些别的道理。这些道理第一桩就是籍贯是无所谓的。那时要做一个世界人，连国籍都觉得狭小，不用说省籍和县籍了。那时在大学里觉得同乡会最没有意思。我同住的和我来往的自然差不多都是扬州人，自己却因为浙江籍，不去参加江苏或扬州同乡会。

可是虽然是浙江绍兴籍，却又没跟一个道地浙江人来往，因此也就没人拉我去开浙江同乡会，更不用说绍兴同乡会了。这也许是两栖或骑墙的好处罢？然而出了学校以后到底常常会到道地绍兴人了。我既然不会说绍兴话，并且除了花雕和兰亭外几乎不知道绍兴的别的情形，于是乎往往只好自己承认是假绍兴人。那虽然一半是玩笑，可也有点儿窘的。

还有一桩道理就是我有些讨厌扬州人；我讨厌扬州人的小气和虚气。小是眼光如豆，虚是虚张声势，小气无须举例。虚气例如已故的扬州某中央委员，坐包车在街上走，除拉车的外，又跟上四个人在车子边推着跑着。我曾经写过一篇短文，指出扬州人这些毛病。后来要将这篇文收入散文集《你我》里，商务印书馆不肯，怕再闹出"闲话扬州"的案子。这当然也因为他们总以为我是浙江人，而浙江人骂扬州人是会得罪扬州人的。但是我也并不抹煞扬州的好处，曾经写过一篇《扬州的夏日》，还有在《看花》里也提起扬州福缘庵的桃花。再说现在年纪大些了，觉得小气和虚气都可以算是地方气，绝不止是扬州人如此。从前自己常答应人说自己是绍兴人，一半又因为绍兴人有些戆气，而扬州人似乎太聪明。其实扬州人也未尝没戆气，我的朋友任中敏（二北）先生，办了这么多年汉民中学，不管人家理会不理会，难道还不够"戆"的！绍兴人固然有戆气，但是也许还有别的气我讨厌的，不过我不深知罢了。这也许是阿Q的想法罢？然而我对于扬州的确渐渐亲热起来了。

扬州真像有些人说的，不折不扣是个有名的地方。不用远说，李斗《扬州画舫录》里的扬州就够羡慕的。可是现在衰落了，经济上是一日千丈的衰落了，只看那些没精打采的盐商家就知道。扬州人在上海被称为江北老，这名字总而言之表示低等的人。江北老在上海是受欺负的，他们于是学些不三不四的上海话来冒充上海人。

　　到了这地步他们可竟会忘其所以的欺负起那些新来的江北老了。这就养成了扬州人的自卑心理。抗战以来许多扬州人来到西南，大半都自称为上海人，就靠着那一点不三不四的上海话；甚至连这一点都没有，也还自称为上海人。其实扬州人在本地也有他们的骄傲的。他们称徐州以北的人为侉子，那些人说的是侉话。他们笑镇江人说话土气，南京人说话大舌头，尽管这两个地方都在江南。英语他们称为蛮话，说这种话的当然是蛮子了。然而这些话只好关着门在家里说，到上海一看，立刻就会矮上半截，缩起舌头不敢喷一声了。扬州真是衰落得可以啊！我也是一个江北老，一大堆扬州口音就是招牌，但是我却不愿做上海人；上海人太狡猾了。况且上海对我太生疏，生疏的程度跟绍兴对我也差不多；因为我知道上海虽然也许比知道绍兴多些，但是绍兴究竟是我的祖籍，上海是和我水米无干的。然而年纪大起来了，世界人到底做不成，我要一个故乡。俞平伯先生有一行诗，说"把故乡掉了"。其实他掉了故乡又找到了一个故乡；他诗文里提到苏州那一股亲热，是可羡慕的，苏州就算是他的故乡了。他在苏州度过他的童年，所以提起来一点一滴都亲亲热热的，童年的记忆最单纯最真切，影响最深最久；种种悲欢离合，回想起来最有意思。"青灯有味是儿时"，其实不止青灯，儿时的一切都是有味的。

　　这样看，在那儿度过童年，就算那儿是故乡，大概差不多罢？这样看，就只有扬州可以算是我的故乡了。何况我的家又是"生于斯，死于斯，歌哭于斯"呢？所以扬州好也罢，歹也罢，我总该算是扬州人的。

想北平

老舍

　　设若让我写一本小说，以北平作背景，我不至于害怕，因为我可以捡着我知道的写，而躲开我所不知道的。但要让我把北平一一道来，我没办法。北平的地方那么大，事情那么多，我知道的真是太少了，虽然我生在那里，一直到廿七岁才离开。以名胜说，我没到过陶然亭，这多可笑！以此类推，我所知道的那点只是"我的北平"，而我的北平大概等于牛的一毛。

　　可是，我真爱北平。这个爱几乎是要说而说不出的。我爱我的母亲。怎样爱？我说不出。在我想作一件讨她老人家喜欢的事情的时候，我独自微微的笑着；在我想到她的健康而不放心的时候，我欲落泪。语言是不够表现我的心情的，只有独自微笑或落泪才足以把内心揭露在外面一些来。我之爱北平也近乎这个。夸奖这个古城的某一点是容易的，可是那就把北平看得太小了。我所爱的北平不是枝枝节节的一些什么，而是整个儿与我的心灵相黏合的一段历史，一大块地方，多少风景名胜，从雨后什刹海的蜻蜓一直到我梦里的玉泉山的塔影，都积凑到一块，每一小的事件中有个我，我的每一思念中有个北平，这只有说不出而已。

真愿成为诗人，把一切好听好看的字都浸在自己的心血里，像杜鹃似的啼出北平的俊伟。啊！我不是诗人！我将永远道不出我的爱，一种像由音乐与图画所引起的爱。这不但辜负了北平，也对不住我自己，因为我的最初的知识与印象都得自北平，它是在我的血里，我的性格与脾气里有许多地方是这古城所赐给的。我不能爱上海与天津，因为我心中有个北平。可是我说不出来！

伦敦，巴黎，罗马与堪司坦丁堡，曾被称为欧洲的四大"历史的都城"。我知道一些伦敦的情形；巴黎与罗马只是到过而已；堪司坦丁堡根本没有去过。就伦敦、巴黎、罗马来说，巴黎更近似北平——虽然"近似"两字要拉扯得很远——不过，假使让我"家住巴黎"，我一定会和没有家一样的感到寂苦。巴黎，据我看，还太热闹。自然，那里也有空旷静寂的地方，可是又未免太旷；不像北平那样既复杂而又有个边际，使我能摸着——那长着红酸枣的老城墙！面向着积水滩，背后是城墙，坐在石上看水中的小蝌蚪或苇叶上的嫩蜻蜓，我可以快乐的坐一天，心中完全安适，无所求也无可怕，像小儿安睡在摇篮里。是的，北平也有热闹的地方，但是它和太极拳相似，动中有静。巴黎有许多地方使人疲乏，所以咖啡与酒是必要的，以便刺激；在北平，有温和的香片茶就够了。

论说巴黎的布置已比伦敦罗马匀调得多了，可是比上北平还差点事儿。北平在人为之中显出自然，几乎是什么地方既不挤得慌，又不太僻静：最小的胡同里的房子也有院子与树；最空旷的地方也离买卖街与住宅区不远。这种分配法可以算——在我的经验中——天下第一了。北平的好处不在处处设备得完全，而在它处处有空儿，可以使人自由的喘气；不在有好些美丽的建筑，而在建筑的四周都有空闲的地方，使它们成为美景。每一个城楼，每一个牌楼，都可以从老远就看见。况且在街上还可以看见北山与西山呢！

好学的，爱古物的，人们自然喜欢北平，因为这里书多古物多。我不好学，也没钱买古物。对于物质上，我却喜爱北平的花多菜多果子多。花草是种费钱的玩艺，可是此地的"草花儿"很便宜，而且家家有院子，可以花不多的钱而种一院子花，即使算不了什么，可是到底可爱呀。墙上的牵牛，墙根的靠山竹与草茉莉，是多么省钱省事而也足以招来蝴蝶呀！至于青菜，白菜，扁豆，毛豆角，黄瓜，菠菜，等等，大多数是直接由城外担来而送到家门口的。雨后，韭菜叶上还往往带着雨时溅起的泥点。青菜摊子上的红红绿绿几乎有诗似的美丽。果子有不少是由西山与北山来的，西山的沙果，海棠，北山的黑枣，柿子，进了城还带着一层白霜儿呀！哼，美国的橘子包着纸，遇到北平的带霜儿的玉李，还不愧杀！

是的，北平是个都城，而能有好多自己产生的花，菜，水果，这就使人更接近了自然。从它里面说，它没有像伦敦的那些成天冒烟的工厂；从外面说，它紧连着园林，菜圃与农村。采菊东篱下，在这里，确是可以悠然见南山的；大概把"南"字变个"西"或"北"，也没有多少了不得的吧。像我这样的一个贫寒的人，或者只有在北平能享受一点清福了。

好，不再说了吧；要落泪了，真想念北平呀！

故乡的风采

冰心

　　1911年冬天当我从波澜壮阔的渤海边的山东烟台，回到微波粼粼的碧绿的闽江边的福建福州时，我曾写过这样的惊喜的话：我只知道有蔚蓝的海／却原来还有这碧绿的江／这是我的父母之乡！

　　在这山青水秀，柳绿花红的父母之乡的大家庭温暖热闹的怀抱里，我度过了新年、元宵、端午、中秋等绚烂节日，但是使我永远不忘的却是端午节。

我的曾祖父是在端午那一天逝世的，所以在我们堂屋后厅的墙上，高高地挂着曾祖父的画像，两旁挂着一副祖父手书的对联是：

难道五丝能续命
每逢佳节倍思亲

虽然每年的端午节，我们四房的十几个堂兄弟姐妹，总是互相炫示从自己的外婆家送来的红兜肚五色线缠成的小粽子和绣花的小荷包等，但是一看到祖父在这一天却是特别地沉默时，我们便悄悄地躲到后花园里去纵情欢笑。

对于我，故乡的"绿"，最使我倾倒！无论是竹子也好，榕树也好……其实最伟大的还是榕树。它是油绿油绿的，在巨大的树干之外，它的繁枝，一垂到地上，就入土生根。走到一棵大榕树下，就像进入一片凉爽的丛林，怪不得人称福州为榕城，而我的二堂姐的名字，也叫做"婉榕"。

福州城内还有三座山：乌石山、于山和屏山。（1936年我到意大利的罗马时，当罗马友人对我夸说罗马城是建立在七座山头时，我就笑说：在我们中国的福建省小小的围墙内，也就有三座山。）我只记得我去过乌石山，因为在那座山上有两块很平滑的大石头，相倚而立，十分奇特，人家说这叫做"桃瓣李片"，因为它们像是一片桃子和一片李子倚在一起，这两片奇石给我的印象很深。

现在我要写的是："天下之最"的福州的健美的农妇！我在从闽江桥上坐轿子进城的途中，向外看时惊喜地发现满街上来来往往的尽是些健美的农妇！她们皮肤白皙，乌黑的头发上插着上左右三条刀刃般雪亮的银簪子，穿着青色的衣裤，赤着脚，袖口和裤腿都挽了起来，肩上挑的是菜筐、水桶以及各种各色可以用肩膀挑起来的东西，健步如飞，充分挥洒出解放了的妇女的气派！这和我在山东看到的小脚女人跪在田地里做活的光景，心理上的苦乐有天壤之别。我的心底涌出了一种说不出来的痛快！在以后的几十年中，我也见到了日本、美国、英国、法国和苏联的农村妇女，觉得天下没有一个国家的农村妇女，能和我故乡的"三条簪"相比，在俊俏上，在勇健上，在打扮上，都差得太远了！

我也不要光谈故乡的妇女，还有几位长者，是我祖父的朋友，在国内也是名人：第一位是严复老先生，就是他把我的十七岁的父亲带到他任教的天津水师学堂去的。我在父亲的书桌上看到了严老先生译的英国名家斯宾塞写的《群学肄言》和穆勒写的《群己权界论》，等等。这些社会科学的名著，我当然看不懂，但我知道这都是风靡一时的新书，在社会科学界评价很高。

在祖父的书桌上，我还看到一本线装的林纾译的《茶花女遗事》。那是一本小说，林纾老先生不懂外文，都是别人口述，由他笔译的。我非常喜欢他的文章，只要书店里有林译小说，我都去买来看。他的译文十分传神，以后我自己能读懂英文原著时，如《汤姆叔叔的小屋》，林译作《黑奴吁天录》，我觉得原文就不如译本深刻。

关于林纾（琴南）老先生，我还从梅兰芳先生那里听到一些轶事，那是五十年代中期，我们都是人大代表的时候，梅先生说：他和福芝芳女士结婚时，林老先生曾送他们一条横幅，"芝兰之室"。还有一次是为福建什么天灾（我记得仿佛那是我十三四岁时的事）募捐在北京演戏，梅先生不要报酬，只要林琴南老先生的一首诗，当时梅先生曾念给我听，我都记不完全了，记得是：

雪作精神玉不瑕

××××鬓堆鸦

剧怜宝月珠灯夜

吹彻银笙演葬花

此外还有林则徐老先生，他的丰功伟业，如毅然火烧英商运来的鸦片，以及贬谪后到了伊犁，为吐鲁番农民掘"坎儿井"的事，几乎家弦户诵不必多说了。我却记得我福州家里有他写的一副对联：

海纳百川有容乃大

壁立千仞无欲则刚

比他们年轻的一代，如在黄花岗七十二烈士碑上，我找到已知是福建人的有三位：方声洞，林觉民，陈可钧，而陈可钧还得叫我表姑呢。

　　一提起我的父母之乡，我的思绪就纷至沓来，不知从哪里说起，我的客人又多，这篇文章不知中断了几次，就此搁笔吧。在此我敬祝我的人杰地灵的父母之乡，永远像现在这样地繁荣富强下去！

　　　　　　　　　　　　　　　一九九零年四月二十九日

劫灰

冯沅君

故乡是我的慈母，北京是我的情人，我是个为了情人的爱而忘却慈母的爱的荡子。这话说得一点也不过分。着实，七年的旅客生活竟把我思念故乡的心苗连根拔去了，报纸上登载的老洋人在河南闹得那样凶，我看来并不觉得怎么样的动心。

前天，我的二兄从家里来了。他和我谈了好多我离家以后的事情之后，我问他现在我们那里土匪是否还是那样猖獗。他黯然，面貌很惊讶地反问我："郝庄同和尚庄都被他们烧掉了，你不知道吗？"也不知怎的我的恬静的心中忽然感着失了故人似的怅惘。我沉默了好久。二兄见我如此。以为我谈的烦气了，便披起大氅辞了我，往别的同乡那里去了。

我沉默着把他送出宿舍门口，回到自己房里还是在沉思之中。浩劫！我们的乡里近十几年来那天不是在浩劫中讨生活！

记得那是宣统二年冬天十月的事。我刚从书房里背罢《诗经》出来，在停放我父亲的灵柩那间屋前的席棚下，我母亲作棉衣的"活摊"旁，逗我养的花哈吧狗打滚，学人立着走，我的叔父忽然面带愁容，很张皇地来了。他连坐也不坐便同我母亲隔着做活的案子低声谈话，那时，我的小花哈吧狗打滚打得正好。我哪有心思去管他们说些什么！不过他面上的恐惧的神气委实使我不得不分部分心去留意他们的话，只听母亲说：

"——是王八老虎罢？"

"——不是他还有谁？还不是因为山坡那回事吗？"我叔父回答。

"——呵，若果照那帖子上说的如何是好？妈同你二哥的灵柩……反正我总不走的，一个老婆子家……"

我的母亲急得眼泪都流了，声都咽了。

约有一刻多钟的工夫我叔父便去了。母亲虽是愁得皱着眉头却还照旧作活，并且作得格外快，好像有人催着要穿似的。午饭端来了我母亲也不好好吃，只望我父亲的灵前的遗像流泪。午饭后她带我到一间楼上把所有的棉衣都找了出来。该穿的都替我穿上。说是我叔父说的王八老虎要来报仇了，我们一家都要到别处躲避。

她因为要伴我祖母同我父亲的灵柩走不了，决计叫我跟我二嫂三叔母到城北林庄去，我当时虽然不十分了解土匪和报仇的意义，但是听说土匪就是所说的红胡子，想来他的样子一定是很凶恶的。既然说是报仇，那么来了自然是见人便杀，见东西便毁，我的腿也有点发抖了。

林庄是我家里的别墅之一，在城北三里的岸上。那里有我家八百多亩田地二百多间草房，六十多间瓦房。草房多给佃户住了，瓦房是伯父养病的地方。我家离这里有五十多里路，那天我们坐的又是牛车，又是吃过午饭才起身，所以摸了两三个钟头的黑路才到了林庄。

此地虽说离山远点，比较我们家里安稳得多了。但是我一夜也不曾安眠。我一心记念着怕王八老虎果真来我们家了，并且运用我在小说上得来的知识构成种种不幸的幻想。那一晚我的被子里似乎较平日格外凉而且硬，老也暖不热。

在林庄整整住了一个多月，我母亲见没有什么事便我接回来了。不过王八老虎是个出役无常的土匪，而附近的不务正的人又利用我们怕王八老虎的心理故意造些谣言吓我们以报他们的私仇。所以回来之后我母亲总不叫我们脱衣裳睡觉。每天晚上只要一听见附近的狗叫或者重物件从较高的地方下坠的声音，我们都不敢睡着了。我母亲也叫醒了老妈子一同到院中观察动静。有天晚上十点多的时候。忽然村的附近传来三声枪声。守村的人们在望台上更看见庄东头半里内有三五点灯火。于是大家都确信是王八老虎来了。一家里的人除了佣人都从西院的短墙跳向卖豆腐的安家，蹲在乱柴堆里。后来我叔父也翻来了。他说这样还不妥当，他们一定会过来寻的。大家随又向庄东豆子地去躲。那时正是秋雨缠绵的时节，虽那一天下午不曾下雨，然而地下的软泥还是一踏便吸住鞋了。但是在那危急存亡之秋除了自己同家人的生命，身外之物如金银财宝还是视同敝屣，何况两只青老布鞋！于是我们家十多口加上安家母女便拖泥带水的加入邻人们逃难的队里向庄东那块十亩的豆地奔去。

田地本来是较别处格外松疏的，加以久雨未霁，所有的土都被那些淫雨和得同年三十打的浆糊似的。豆叶自然也是湿漉漉的。然而我们那里顾得这些。天太黑了怕迷了路再跑到土匪群里了，我们这一群多是手扯手的，有的人跑得慢，有的人跑得还没有到豆地的时候已是连爬带滚涂得满身泥。好容易到了避难所，一个个毫不客气地拼命往豆棵下蹲，只听见一阵足踏泥的声音。豆叶子上积的雨水经过这一阵动荡便雨似的落了下来。于是从前衣服未曾弄上泥水的人这回也弄上了。

秋虫绝不为人们的大难临头了而停奏它的哀吟，辽阔的天空由豆叶缝中望去觉得星都似滴溜溜的要落的样儿。墨色的四野有几点时隐时现的鬼火在闪耀。这是何等凄清之景呵！但是我们伏匿在荒野的这般弱者终觉得背后便有土匪的明晃晃的刀往前刺呢。

最惨的是陈二控。她的三姐被豆秆刺了哭出声来。她怕土匪听见了赶快用手捂住她的嘴，直把这个三岁又白又肥的小女孩闷死了。还有安家大姑娘怕土匪捉着直向地的中间爬，竟掉在一座为雨所坏的大墓里。墓里的水直齐到她的腰间。她始终不敢出一口大气整整在那里浸了两个钟头，次日便卧床不起了。听说到现在年年清明、十月一，在安家大姑娘的坟上还常看着白发鬔颤巍巍的安大娘呢。

固然后来打听的结果知道放枪的并不是土匪，是毕店同兴泰带着乡勇接他们的货车的，这次只是虚惊。然而千真万真的听说好多亲戚们不是房子被烧了便是人被拉去了，而我们家又是和土匪结下怨的，怎能以为这次是虚惊更不怕了呢？

民国三年，大股土匪白狼被兵在母猪峡打败了，大家都加额相庆，以为天下可以从此太平了，谁想零落的余匪却大助了我们县里的土匪的威势。他们有新式的便利的枪，又是经过仗的。自然怯懦得羊似的乡下人一听到他们的威名，早就三魂吓得少了二魂了。六月初三破了毕店，十八破了湖阳，二十一破了元潭。不上四十天的光景，我们县里只剩有岗柳同我们镇上是岿然之灵光。岗柳是个乡寨，虽里面住了几家二等的土财主，然而所谓财主者，只是拥有几千亩田地而已。你想在他们家搜出来三百块五百块现洋的。简直是百不抽一。要首饰罢，又因为他们家里那些太太也多是理财大家，出嫁后上了坟，回罢门，便将那些满冠半冠九凤尾之类都廉价出售了。卖来的钱都拿去做一些贱买贵卖的生意，追求些微薄的利润。况且在这种兵荒马乱的年景只有傻子嫁女儿的时候才多为她置办首饰呢。有此种种原因，所以那些英雄好汉都不曾将岗柳放在眼里，而我们住的寨却成了唐僧的肉了。

七月十三那天外面风言风语地说他们打祈宜镇点。十五六两

144

天他们居然派饭到姚壶了。此地离我们的寨只三十里。专打大杆的赵大爷此时已闻风先遁了，乡愚们更只有把他们当祖宗供的分儿。逃往寨里的人越多，寨里的居民越骄傲。"哈哈怕什么，白狼破了多少大城池，从我们这寨外十里内过连一根草都不敢拔；何况在这时我们的寨的四门都封了，生意都移到寨外了，闲人又进不来了，晚上家家出人守寨，新近又添了几十枝枪！"街坊们每谈起都是这样自满地说。二十三那天晚上刚吃了晚饭，我和我母亲正在问伯父为什么黄玉茹来了，我们三姐不一同回来呢，我五哥忽然从外面跑进来说："二婶干妹都快把破衣服换上，珍贵的东西也快检检。今天晚上过不去，因为刚才局里人来说傍晚时候往北门混进来个形迹可疑的人，后来各家都查遍已经不知去向了……"说罢又匆匆出去了。不到一刻钟的工夫我七哥又进来，说："三婶们我已通知了，万一晚上有什么意外之事发生的时候，你们一听着枪声就赶快去躲在小户家里，我们都要上寨，怎有工夫来顾家眷呢！妈，请给我找件蓝粗布裤褂吧。这白衣服是穿不得的了。"我母亲给他找出衣服打发他去后，便将那天早上刚从同盛行起回来的钱检点了检点。元宝三个藏在窗根阴沟里，二千多张累子装在破布袋里。放在房里一只未锁的皮箱中，预备逃去的时候，进来就拿去的。其他较宝贵的金玉之属都早已埋在地窖子里了，不用临时张罗。最后向五嫂借了两件布衫两条破裤子，向李嫂讨了两只大而有尖的鞋，仿照乡下捡柴的妇女们的样子装扮起来，又叫丫头小兴到厨房摸了两条烧火棍拿来挂上。这种滑稽的样儿，我们是扮惯了的，所以也不觉得害羞。这时虽然外面的风声很紧，而我们都是半信半疑的斜倚在凉榻上望着皎洁的月儿。想不到这几年来的兵燹之祸竟成了我母子们消夏凉的资料了。一等也不见动静，二等也不见动静，十一点时候我们俩便相继熟睡了。也不知我们睡了多久，在梦里忽被啪啪的枪声惊醒。我眼还在眯着，便挽住辫子，拉着我母亲拄上烧火棍往外走，走到第一层院口逢着我伯父的媳妇、大嫂。我母亲说："你三婶哩？"她说："一刻就来。小孩交给孔嫂了，我抱不动。"说完这两句话谁也顾不得其他了，一行人跟跟跄跄地顺着东墙根往北走。我们原是想从北门逃出寨的。但是一则因为阵阵枪子呜呜的在头顶上飞，恐怕万一落在身上，二则土匪既有三四百人，北门想也围起来了，所以改变计划向赶大车的方四家躲。还未走到他家门口，忽然从西来了一群人说，北门开了，走吧。我们也就加入其中跑出北门了。

离北门不到二里便是一道小河。平素河水只有半尺深，河上还有桥。这年因为夏天雨量过多，河水收受山上流下来的雨水涨到二尺来深，桥也被冲毁了。逃难的人群中许多都是整家的，到了河边，那些妇女便伏在她们的父兄或丈夫的背上渡了过去。我们既然没有人来背，只好带着鞋袜衣服一齐下水乱跑。素来不善走路的我们又带了这半身湿衣服，过了河不上半里，月光下旷野中只剩我们母女三人了。

"二婶，你看老的老，小的小，只有我们娘儿三个了。此刻别说是土匪来了我们无可逃避，就是有个歹人来截我们一下，我们也只有束手就缚。十妹已这样大了。"我大嫂叹息着说："陈姑娘不要怕。人到此刻只有听天由命了。你听，寨上的枪声已不似先前闹了。也许是土匪打不过队上而退击了。唉，但是不知你三叔同你伯父及那些侄儿们呢？"我母亲本是想安慰我大嫂的，说到这里她的声也咽了。"他大哥守的南城。二婶，枪声不是从南边来的吧？"她已哭得不成声了。当我们正在悲泣之际，忽然黑黑的来了一群人，我们登时吓得往沙滩上张家立的节孝坊后躲。只听见那群中的一个说："东西没拿不要紧。"音调非常的熟，母亲便冒着险，大声问道："那不是李亮臣先生吗？"那回音果然是"是"。"你是二太太吧？"我母亲回答了他。于是我们三人便有了依附，随他们往他们一家亲戚家里去了。

他的亲戚家离我们的寨还有十里路，走到那里天快亮了。他的亲戚待我们很好，让我们在他家睡，他们派人去探信去。但是我们怎能睡得下去呢？

我冒着露水面向南望，氤氲的曙光中，在我们寨上居然有三处火起，一处靠西，一处靠北，一处靠东。三处火好像赌寨似的烧起来，越烧越大。刹那间南半的天空都变红了。"西边二定是悦来家，东边一定是福盛馆。但中间一处是谁家呢？"村上的人乱杂地嚷着。我们何尝不知靠东的定是我们家呢！但是未经别人证明之前，总自己安慰自己说自己的视觉错了。现在大家居然证明东边的火是福盛馆了，你说那时我们心中是什么味吧？那时我们所能作的只有对天狂呼，请老天爷保护我们全家平安，我们只会南望流涕。

我母亲念家心盛，一看天大亮了，便同李亮臣的太太回寨去了。她回去时候原说叫我们在那里等家里车来接的。不过经了这次惨变之后，谁不想赶快到家看看家人都安全不安全！所以我们不曾等到车来，只听到土匪确已走了的消息便也回去了。那时太阳刚出到地平面上，远村还半锁于晓雾之中，草上的露水还是莹莹的，走过去鞋都是湿的，那种清香也复沁人心脾。明知土匪走了，但是平素听说土匪常常因为一时来寻得财物或是未找着要报仇的人，会走一刻还来的，所以仍是风声鹤唳，草木皆兵。路上行人三五成群，议论纷纷。有的说："到底是福盛馆的积行好，虽说一座堂楼被烧了，累代的积蓄只剩了一堆灰烬，然而人还未伤。"有的说："这次祈宜镇破了，除了西头李家，谁家损失也敌不过福盛馆。里堂烧了不算，大少和五少还都没有寻着哩，只怕是被架走了……哼！三千五千能赎回来还是万幸呢！"我大嫂本有咯血之症，当她听到大少失踪一句话，简直连什么话也不能说，只叫了声"我的……"，吐了一大口鲜红的东西便晕倒了。我本来就是没有用处的，况且那时又是十五六岁的小女孩，猝然遇见了这样的事，自然只有用身子靠着这气息奄奄的嫂嫂含泪祈祷上神，请他早派救星来到。

太阳渐升新高，看看时已近午了，方才遇着和我家隔壁邵家的接他家的大相公娘子同三奶奶的车将我们带回去。

寨外的一切还是仍旧。吴家的节孝坊，田家的桃源都不曾损失分毫。寨内可不然了，铁头穿胸的尸骸，栋燃梁焦的房屋，呼儿唤女的哭声，构成了比书上描写的地狱还惨毒万倍的景象。至于我们家里原是土匪存心破坏的中心，其景象之惨凄更是不必说了。虽然我们回到家里的时候，家里的佣人和我二哥五哥六哥都已经回来了，院中的尸骸都抬走了，火也熄了，然而由大门到里面满地都是血迹和衣服和打碎的家具之类，每个屋里都堆了好些半烧毁的木器。院墙角发现了一只耳朵，客房内条几上发现了许多肉屑。据老厨子说，当他回来的时候，厨房还有血污的下衣。肉屑大概是刘家三少的。他也是绅士之一，治土匪是顶出名，顶能干的。所以他们特地把他抓在他们的首领面前乱刀剁碎了。土匪首领那天晚上大约是以我们家的客厅作驻节之所的。血污下衣怕是兴隆太家姑娘的，因为老厨子说，他是躲在东寨墙下乱葬坟间，所以他回来最早。他回来时看她在二门下吊着，还是小吴同他把她放下来呢。至于她怎会来到这里，那怕只有死者知道吧。

大约在下午一两点钟的时候，我们家里的人大半都回来了，就是未回来的也都有了下落。原来我大伯同我二哥，五哥、六哥、七哥守的是东墙。他们直守到有十几个土匪，从十字口过来向他们放枪的时候他们方逃性命。我大伯年迈力衰，跳过墙去就将腿跌折了。幸得我二哥五哥也逃来了，才算将他抬到河东岸高粱地里躲着。我六哥七哥见土匪来了，就顾着围墙往北逃，直逃到北门附近，忽见一股土匪来，遂从墙上跳了过去。据他们说好像有神保佑似的，不然怎的三丈来高的寨墙跳时只觉得同门槛一样？

今天听我六哥说我家的两个别墅已被焚毁的消息，使我想起这一段悲惨的往事，又使我想象出我们故乡的景象——无数的劫灰。

旧家的火葬

夏衍

　　半个月前，接到妻从上海寄来的信，说六月一日游击队打到杭州近郊，把我们的旧家放火烧了。因为那屋子被敌伪占领了之后，开了一所很大的茧厂，所以除出屋子全烧之外，还烧毁了敌人已经收买了的几十万元的茧子。妻在后附加着说："我们觉得很痛快，这最少对于你们沈家的那些不肖子弟，给了一个不小的教训。"所谓不肖子弟，是指我的侄辈，他们一度逃出了之后又回到故居，将祖传的屋子租给敌伪，过着准汉奸的日子。

在将信将疑中，昨天深夜看到了中央社金华发的一个电报："浙东我某部，于五月三十一日晚潜入杭垣，尚在太平门外与敌发生激战，毙敌甚多，并将敌仓库多所及安利、正大两茧行全部焚毁，一时烈焰熊熊，火光烛天，城内秩序大乱，是役敌除死伤外，损失三百万元以上。"

消息是证实了，正大茧行就是我的故居，我出生的旧家，竟在这样的情形下火葬了。和妻子一样，我也只能喊出了一句痛快。

四十年前我出生在这古旧的大屋子里。那是一所五开间，而又有七进深的庄院。地点是在杭县太平门外严家衖，离城三里，这屋子造于洪杨之前，所以一切都是老派，我懂得人事的时候，我们的家是凋落了，全家人不到十口，但是这一百年前造的屋子，说得毫不夸张，至少可住五百人以上，经过了洪杨之劫，许多雕花的窗棂之类是破损了，但是合抱的大圆柱，可以做一个网球场的大天井，依旧夸示着它昔日的面貌，我在这破旧而大得不得体的旧家，度过了十五个年头。辛亥革命之后，我的哥哥因为穷困，几次要把这屋子卖掉，但是在那时候竟找不着一个能够买下这大屋子的买主，哥哥瞒了母亲，从城里带一个人在估看，我只听见他们来回讨价还价，一会儿笑一会儿争之后，哥哥愤愤地说：

"单卖这几千块尺半方的大方砖和五百几十块青石板，也非三千块钱不可！"

我才知道了这些日常在那里翻掘起来捉灰鳖虫的方砖，也是这样值钱的东西。

据母亲说，这屋子是我们祖上"全盛时代"在乡下建造了而不用的"别邸"，本家住在艮山门内的骆驼桥，这是每年春秋两季下乡祭祖时候用的临时公馆，出太平门不远，就可以望见这座大屋子的高墙。那高得可怕的粉墙，将里面住的"书香子弟"和外面矮屋子里的老百姓分开，所以不认识的人，只要一问沈家，那一带的人立刻就会知道："啊，墙里。""墙里"变了太平门外沈家的代名，据说已经是近百年以来的事了。

但是，辛亥革命前后，我们的家衰落到无法生存的田地，这屋子周围的田地、池塘，都渐渐地给哥哥押卖了，只有这屋子，却因为母亲的反对，而保留着它破旧得像古庙一般的形态，夏天的黄昏会从蛀烂了的楼板里飞出成千成万的白蚁，没人住的空房间也会白昼走出狐狸和鼹鼠，但是，墙里和墙外的差分，却因为"墙里"人的日益穷困，而渐渐地撤废了，墙外的孩子们也做了我的朋友，我记忆中也还鲜明地保留着一幅冬天自己拿了篮子到乡间去拾枯柴的图画。

假如我母亲还在世，今年已经是八十三岁了，在那个时代里，她算得是一个性格奇特的人，四十五岁死了我父亲之后，从不念过一句佛，从不烧过一次香，出嫁了的姊姊送她一串念珠，她却丢在抽斗里从来不去理会。不佞佛，当然不信耶稣，反对中医，有什么毛病专服西药。从这种性格推衍开去，她是一个富于民主精神的人，她从不讨厌邻近的穷孩子到我家里来，也从不禁止我和这些野孩子们在一起。把自己吃用的东西省下来给邻近的穷人，是她唯一的愉悦。我长大了之后从日本或者上海回来，总带给她一点糖果和食品，但是她自己并不吃，瞒着我们偷偷地送给那些终年赤脚的孩子，被我们看见的时候，她说：

"我们吃得多了，这种东西，也许他们是一生也不会吃到的。"

但是，具有这种近代性格的人，对于这所古旧的屋子，她却怀抱着使人不能相信一般的留恋与执着，我中学毕业的那一年她郑重地对我说：

"趁我活着，把这屋子分了吧，我一死，迟早会给你哥哥卖掉的。"

当时是五四之后，我根本就对这象征封建的"破庙"有了反感，所以我对于她苦心地保守了几十年的财产简直不加任何的考虑，随口地说：

"我不要，让他卖去！"

这句话伤了她的心，背着人哭泣了一整日，我也就从这时候离了"家"。"旧家"的影子在记忆里渐渐地淡忘了，一直到抗战开始那一年的初夏，接到母亲病笃而赶回到这屋子的时候。

随着时代的变迁，这旧家也有了几度的沧桑。第一次欧战之后，因为民族工业的勃兴，我哥哥也在这封建的屋子里开过一个现代式的工厂，用新式的"机子"织杭纺。在"城外"这屋子算是第一所"工场"，浙江丝织业凋落了之后，"机子"停止了工作，于是这屋子在五年前又变了"正大茧厂"。那一年，因为哥哥要把母亲卧房侧面的"果园"改作屯茧的仓库，要把"果园"的枣树和橘子树斫掉，他们之间曾引起过一次很大的冲突，但是结果母亲失败了，我最后一次回家的时候，青葱的枣树园已经变了煞风景的"茧灶"了。我虽则不曾亲耳听见丁丁的伐木声音，但是"樱桃园"最

153

后一场的主人公们的心境，我是感受得到的。

　　在斗争剧烈的时候，我屡次感觉到潜伏在我意识深底的一种要将我拖留在前一个阶段的力量，我挣扎，我残忍地斫伐过我自己的过失，廉价的人道主义，犬儒式的洁癖，对于残酷的斗争的忌避，这都是我回想到那旧家又要使我恼怒于自己的事情。而现在，一把火把象征着我意识底层之潜在力量的东西，完全地火葬了，将隔离了穷人的书香人家的墙，在烈火中烧毁了。

　　我感到痛快，我感觉到一种摆脱了牵制一般的欢欣。

清河坊

俞平伯

山水是美妙的俦侣，而街市是最亲切的。它和我们平素十二分稔熟，自从别后，竟毫不踌躇，蓦然闯进忆之域了。我们追念某地时，山水的清音，其浮涌于灵府间的数和度量每不敌城市的喧哗，我们大半是俗骨哩（至少我是这么一个俗子）！白老头儿舍不得杭州，却说"一半勾留为此湖"；可见西湖在古代诗人心中，至多也只沾了半面光。那一半儿呢？谁知道是什么！这更使我胆大，毅然于西湖以外，另写一题曰"清河坊"。读者若不疑我为火腿茶叶香粉店作新式广告，那再好没有。

我决不想描写杭州狭陋的街道和店铺，我没有那般细磨细琢的工夫，我没有那种收集零丝断线织成无缝天衣的本领，我只得藏拙。我所亟亟要显示的是淡如水的一味依恋，一种茫茫无羁泊的依恋，一种在夕阳光里，街灯影傍的依恋。这种委婉而入骨三分的感触，实是无数的前尘前梦酝酿成的，没有一桩特殊事情可指点，也不是一朝一夕之功。我实在不知从何说起，但又觉得非说不可。环问我："这种窘题，你将怎么做？"我答："我不知道是怎样做，我自信做得下去。"

人和"其他"外缘的关联，打开窗子说亮话，是没有那回事。真的不可须臾离的外缘是人与人的系属，所谓人间便是。我们试想：若没有飘零的游子，则西风下的黄叶，原不妨由它们哗哗自己去响着。若没有憔悴的女儿，则枯干了的红莲花瓣，何必常夹在诗集中呢？人万一没有悲欢离合，月即使有阴晴圆缺，又何为呢？怀中不曾收得美人的情影，则入画的湖山，其黯淡又将如何呢？……一言蔽之，人对于万有的趣味，都从人间趣味的本身投射出来的。这基本趣味假如消失了，则大地河山及它所有的兰因絮果毕落于渺茫了。在此我想注释我在《鬼劫》中一句费解的话："一切似吾生，吾生不似那一切。"

离题已远，快回来吧！我自述鄙陋的经验，还要"像煞有介事"，不又将为留学生所笑乎？其实我早应当自认这是幻觉，一种自骗自的把戏。我在此所要解析的，是这种幻觉怎样构成的。这或者虽在通人亦有所不弃吧。

这儿名说是谈清河坊，实则包括北自羊坝头，南至清河坊这一条长街。中间的段落各有专名，不烦枚举。看官如住过杭州的，看到这儿早已恍然；若没到过，多说也还是不懂。杭州的热闹市街不止一条，何以独取清河坊呢？我因它逼窄得好，竟铺石板不修马路亦好；认它为TYPICA杭州街。

我们雅步街头，则喀噔喀噔地石板怪响，而大嚷"欠来！欠来"的洋车，或前或后冲过来了。若不躲闪，竟许老实不客气被车夫推搡一下，而你自然不得不肃然退避了。天晴还算好，落雨的时候，那更须激起石板洼隙的积水溅上你的衣裳，这真糟心！这和被北京的汽车轮子溅了一身泥浆是仿佛的。虽然发江南热的我觉得北京的汽车是老虎（非彼老虎也！），而杭州的车夫毕竟是人。你拦阻他的去路，他至多大喊两声，推你一把，不至于如北京的高轩哀嘶长唳地过去，似将要你的一条穷命。

哪怕它十分喧阗，悠悠然的闲适总归消除不了。我所经历的江南内地，都有这种可爱的空气；这真有点儿古色古香。

我在伦敦纽约虽住得不久，却已嗅得欧美名都的忙空气；若以彼例此，则藐乎小矣。杭州清河坊的闹热，无事忙耳。他们越忙，我越觉得他们是真闲散。忙且如此，不忙可知。——非闲散而何？

我们雅步街头，虽时时留意来往的车子，然终不失为雅步。走过店窗，看看杂七杂八的货色，一点没有Show window的规范，但我不讨厌它们。我们常常去买东西，还好意思摔什么"洋腔"呢？

我俩和娴小姐同走这条街的次数最多，她们常因配置些零星而去，我则瞎跑而已。有几家较熟的店铺差不多没有不认识我们的。

有时候她们先到，我从别处跑了去，一打听便知道，我终于会把她们追着的。大约除掉药品书报糖食以外，我再不花什么钱；而她们所买绝然不同，都大包小裹的带回了家，挨到上灯的时分。若今天买的东西少，时候又早，天气又好，往往雇车到旗下营去，从繁热的人笑里，闲看湖滨的暮霭与斜阳。"微阳已是无多恋，更苦遥青着意遮。"我时时看见这诗句自己的影子。

清河坊中，小孩子的油酥饺是佩弦以诗作保证的；我所以时常去买来吃。叫她们吃，她们以在路上吃为不雅而不吃；常被我一个人吃完了。油酥饺冰冷的，您想不得味吧。然而我竟常买来吃，且一顿便吃完了。您不以为诧异吗？不知佩弦读至此如何想？他不会得说："这是我一首诗的力啊！"

我收集花果的本领真太差，有些新鲜的果子，藏在怀中几年之后，不但香色无复从前，并且连这些果子的名目，形态，影儿都一起丢了。这真是所谓"抚空怀而自愧"了。譬如提到清河坊，似有层层叠叠感触的张本在那边，然细按下去，便觉洞然无物。即使不是真的洞然，也总是说它不出。在实际上，"说不出"与"洞然"的差别，真是太小了。

在这狭的长街上，不知曾经留下我们多少的踪迹。可是坚且滑的石板上，使我们的肉眼怎能辨别呢？况且，江南的风虽小，雨却豪纵惯了的。暮色苍然下，飒飒的细点儿，渐转成牵丝的"长脚雨"，早把这一天走过的千千人的脚迹，不论男的女的老的少的村的俏的，洗刷个干净。一日且如此，何论旬日；兼旬既如此，何论经年呢？明日的人儿等着哩，今日的你怎能不去！不看见吗？水上之波如此，天上之云如斯；云水无心，"人"却多了一种荒唐的眷恋，非自寻烦恼吗？若依颉刚的名理推之，烦恼是应当自己寻的；这却又无以难他。

我由不得发两句照例的牢骚了。天下惟有盛年可贵，这是自己证明的真实。梦阑酒醒，还算个什么呢，千金一刻是正在醉梦之中央。我们的脚步踏在土泥或石上，我们的语笑颤荡在空气中，这是何等的切实可喜。直到一切已黯淡渺茫，回首有凄悱的颜色，那时候的想头才最没有出息；一方面要追挽已逝的芳香，一方面妒羡他人的好梦。去了的谁挽得住，剩一双空空的素手；妒羡引得人人笑，我们终被拉下了。这真觉得有点犯不着，然而没出息的念头，我可是最多。

匆匆一年之后，我们先后北来了。为爱这风尘来吗？还是逃避江南的孽梦呢？娴小姐平日最爱说"窝逸"。破烂的大街，荒寒的小胡同，时闻瑟缩的枯叶打抖，尖厉的担儿吆喝，沉吟的车骨碌的话语，一灯初上，四座无言；她仍然会说"窝逸"吗？或者陡然猛省，这是寂寞长征的一尖站呢？我毕竟想不出她应当怎样着想方好。

我们再同步于北京的巷陌，定会觉得异样；脚下的尘土，比棉花还软得多哩。在这样的软尘中，留下的踪迹更加靠不住了，不待言。将来万一，娴小姐重去江南，许我谈到北京的梦，还能如今日谈杭州清河坊巷这样的洒脱吗？"人到来年忆此年。"想到这里，心渐渐的低沉下去，另有一幅飘零的图画影子，烟也似的晃荡在我眼下。

话说回来，干脆了当！若我们未曾在那边徘徊，未曾在那边笑语；或者即有徘徊笑语的微痕而不曾想到去珍惜它们，则莫说区区清河坊，即十百倍的胜迹亦久不在话下了。我爱诵父亲的诗句：

只缘曾系乌篷艇，野水无情亦耐看。

打橘子

俞平伯

陶庵说："越中清馋无过余者，喜啖方物"，其中有一种是塘栖蜜橘。（见梦忆卷四）这种橘子我小时候常常吃，我的祖母她是塘栖人。橘以蜜名却不似蜜，也不因为甜如蜜一般我才喜欢它。或者在明朝，橘子确是甜得可以的，或者今日在塘栖吃"树头鲜"，也甜得不含胡的，但是我都不曾尝着过。我所记得，只是那个样子的：

橘子小到和孩子的拳头仿佛，恰好握在小手里，皮极薄，色明黄，形微扁，有的偶带小蒂和一两瓣的绿叶，瓤嫩筋细，水分极多，到嘴有一种柔和清新的味儿。所不满意的还是"不甜"，这或者由于我太喜欢吃甜的缘故罢。

小时候吃的蜜橘都是成篓成筐的装着，瞪眼伸嘴地白吃，比较这儿所说杭州的往事已不免有点异样，若再以今日追溯从前，真好比换过一世界了。

城头巷三号的主人朱老太爷，大概也是个喜欢吃橘子的，那边便种了七八棵十来棵的橘子树。其种类却非塘栖，乃所谓黄岩也。本来杭州市上所常见的正是"黄岩蜜橘"。但据K君说，城头巷三号的橘子一种是黄岩而其他则否，是一是二我不能省忆而辨之，还该质之朱老太爷乎？

从橘树分栽两处看来，K君的话不是全无根据的。其一在对着我们饭厅的方天井里。长方形的天井铺以石板，靠东墙橘树一行，东北两面露台绕之。树梢约齐台上的阑干，我们于此伸开臂膊正碰着它。这天井里，也曾经打棍子，踢小皮球，竹竿拔河，追黄猫……可惜自来嬉戏总不曾留下些些的痕迹，尽管在我心头每有难言的惘惘，尽管在他们几个人的心上许有若干程度相似的怀感。后之来者只看见方方正正的石板天井而已，更何尝有什么温软的梦痕也哉！

另一处在花园亭子的尽北畸角上，太湖山石边，似不如方天井的那么多，那边有一排，这儿只几株橘子而已。地方又较偏僻，不如那边的位居冲要易动垂涎，所以著名之程度略减。可是亭子边也不是稀见我们的脚迹的，曾在其间攻关，保唐僧，打水炮，还要扔白菜皮。据说晾着预备腌的菜，有一年特别好吃，尽是白菜心，所以然者何？乃其边皮者都被我们当了兵器耳。

这两处的橘子诚未必都是黄岩，在今日姑以黄岩论，我只记得黄岩而已。说得老实点，何谓黄岩也有点记它不真了，只是小橘子而已。小橘子啊，小橘于啊，再是一个小橘子啊。

黄岩橘的皮麻麻扎扎的蛮结实，不像塘栖的那么光溜那么松软，吃在嘴里酸浸浸更加不像蜜糖了。同住的姑娘先生们都有点果子癖，不论好歹只是吃。我却不然，虽橘子在诸果实中我最喜欢吃，也还是比他们不上，也还是不行。这也有点可气，倒不如乾脆写我的"打橘子"，至于吃来啥味道，我不说！——活像我从来没吃过橘子似的。

当已凄清尚未寒冽的深秋，树头橘实渐渐黄了。这一半黄的橘子，便是在那边贴标语"快来吃"。我们拿着细竹竿去打橘子，仰着头在绿荫里希里霍六一阵，扑秃扑秃的已有两三个下来了。红的，黄的，红黄的，青的，一半青一半黄的，大的，小的，微圆的，甚扁的，带叶儿的，带把儿的，什么不带的，一跌就破的，跌而不破的，全都有，全都有，好的时候分来吃，不好的时候抢来吃，再不然夺来吃。抢，抢自地下，夺，夺自手中，故吃橘而夺，夺斯下矣。有时自己没去打，看见别人手里忽然有了橘子，走过去不问情由地说声"我吃！"分他个半只，甚而至于几瓣也是好的，这是讨来吃。

说得起劲，早已忘了那平台了。不是说过小平台阑干外，护以橘叶吗？然则谁要吃橘子伸手可矣，似乎当说抓橘子才对，夫何打之有？"然而不然。"无论如何，花园畸角的橘子总非一击不可。即以方天井而论，亦只紧靠阑干的几枝可采，稍远就够不着，愈远愈够不着了。况且近阑干的橘子总是寥落可怜，其原因不明。大概有人"近水楼台先得月"了，相传如此。

打橘有道，轻则不掉，重则要破。有时候明明打下来了，却不知落在何方，或者仍在树的枝叶间，如此之类弄得我们伸伸头毛毛腰，上边寻下边找，虽觉麻烦，亦可笑乐。若只举竿一击，便永远恰好落在乎底心里，岂不也有点无聊吗。

然而用竿子打，究意太不准确。往往看去很分明地一只通红的橘子在一不高不矮的所在，但竿子打去偏偏不是，再打依然不是，橘叶倒狼籍满地必狂捣一阵而后掉下来。掉下来的又是必是破破烂烂的家伙，与我们的通通红的小橘子的期待已差得大太多，不知谁想的好法子，在竿梢绕一长长的铅丝圈，只要的看得准，捏得稳，兜住它往下一拉，要吃那个橘子便准有那个橘子可吃，从心之所欲，按图而索骥，不至于殃及池鱼，张冠李戴了。但是拉来吃，每每会连枝带叶地下来，对于橘子树未免有点说不过去哩。

有这么多的吃法，你们不要以为那儿的橘子尽被我们几个人吃完了。鸟雀们先吃，劳工们再吃，等我们来抓来拉，已经是残羹冷炙了。所以铺张其词来耽误读者救国的工夫，自己也觉得不很讨俏，脸上无光。但是恕我更不客气地说，这儿所记的往事只为着与它有缘的人写的，并不想会有这种好运气可夹入革命文学的队伍。若万一有人居然从这蹩脚的文词里猜着了梦呓的心一分二分，甚而至于还觉得"这也有点味儿"，这于我不消说是"意表之外"的收获。其在天之涯乎？其在海之角乎？咫尺之间乎？又谁能知道！

老实说，打橘子及其前后这一段短短的生涯，恰是我的青春的潮热和儿童味的错综，一面儿时的心境隐约地回旋，却又杂以无可奈何的凄清之感。惟其如此，不得不郑重丁宁地致我的敝帚千金之爱惜，即使世间回响寂寞已万分。

拉拉扯扯吃着橘子，不知不觉地过了两三个年头，我自己南北东西的跑来跑去，更觉过得好快，快得莫名。移往湖楼不多久，几年苟且安居的江浙老百姓在黄渡浏河间开始听见炮声了。城头巷三号之屋我们去后，房主人又不来，听它空关着。六一泉的几十局象棋，雷峰塔的几卷残经，不但轻轻容易地把残夏消磨个乾净，即秋容也渐渐老大了。只听得杭州城内纷纷搬家到上海，天气渐冷，游人顿稀，湖山寂寂都困着觉。一天，我进城去偶过旧居，信步徘徊而入，看门的老儿，大家叫他"老太公"的，居然还认得我。正房一带都已封锁，只从化园里趸进去，亭台池馆荒落不必说，只隔得半年已经有点陌生了。还走上楼梯，转过平台，看对面的高楼偏南的上房都是我住过的，窗户紧闭着。眼下觉得怪熟的，满树离离的红橘子。

再打它一两个罢！但是竹竿呢，铅丝呢？况且方天井虽近在眼底，但通那边的门儿深锁，橘子即打下也没处去找。我跐踏四顾，除了跟着来的老迈龙锺的老太公，便是我自己的影子，觉得一无可说的。歇了一歇，走近阑干，勉强够着了一只橘子，捏在乎中低头一看，红圆可爱，还带着小小的翠叶短短的把。我揣着它，照样慢慢的踱出来，回到俞楼，好好的摆在书桌上。

原来满抵桩带回来给大家看，给大家讲的，可是H君其时已病了，他始终没有看见这一只橘子，匆忙凄苦之间，更有谁来慢慢的听我那《寻梦》的曲儿呢。该橘子久查无下落，大概是被我一人吃了，也只当是丢了吧。城头巷三号之屋我从此也没有再去过了。

到北京又是四年，江南的丹橘应该长得更大了。打橘子的人当然也是一样，各人奔着各人的道儿，都忙忙碌碌地赶着中年的生活去，不知道还想得起这回事吗？如果真想得起，又想出些什么来呢，若说我自己，于几天懒睡之后，总算写了这一篇，自己看看实在也看不出所以然来，也只好就这样麻麻胡胡的交了卷。

一九二八年七月十三日，北京。

钓鱼

——故乡随笔

鲁彦

秋天早已来了，故乡的气候却还在夏天里。

那些特殊的渔夫，便是最好的例证。

那是一些十岁以上十六岁以下的男女孩子，和十六岁以上的青年以及四五十岁的将近老年的男子。他们像埋伏的哨兵似的，从村前到村后，占据着两道弯弯曲曲的河岸。孩子们五六成群的多在埠头上蹲着，坐着，或者伏着，把头伸在水面上，窥着水中石缝间的鱼虾。他们的钓竿是粗糙的，短小的，用细小的黄铜丝做的小钩，小钩上串着黑色的小蚯蚓，用鸡毛做浮子，用细线穿着。河虾是他们惟一的目的物。有时他们的头相碰了，钓线和钓线相缠了，这个的脚踢翻了那个的虾盆，便互相詈骂起来，厮打起来。青年们三三两两的或站在河滩的浅处，或坐在水车尽头上，或蹲在船边，一边望着水面的浮子，一面时高时低的笑语着。他们的钓竿是柔软的，细长的，一节一节青黑相间，显得特别美丽。他们用鹅毛做浮子，用丝线穿着，用针做成钩子。钩上串着红色的大蚯蚓。鲫鱼是他们的目的物。老年人多是单独的占据一处，坐在极小的板凳上，支着纸伞或布伞，静默得像打瞌睡似的望着水面的浮子。他们的钓竿和青年们的一样，但很少像青年们那样美丽。他们的目的物也是鲫鱼。在这三种人之外，有时还有几个中年的男子，背着粗大的钓竿，每节用黄铜丝包扎着，发着闪耀的光，用粗大的弦线穿着一大串长而且粗的浮子，把弦线卷在洋纱车筒上，把车筒钉在钓竿的根上，钩子是两枚或三枚的大铁钩。用染黑的铜丝紧扎着，不用食饵。他们像巡逻兵似的，在河岸上慢慢的走着，注意着水面。那里起了泡沫，他们便把钩子轻轻的坠下去，等待鱼儿的误触。鲤鱼是他们的目的物。

说他们是渔夫，实际上却全不是。真正的渔夫是有着许多更有保证的方法捕捉鱼虾的。现在这群渔夫，大人们不过是因为闲散，青年们和孩子们因为感觉到兴趣浓厚罢了。有些人甚至不爱吃这些东西，钓上了，把它们养在水缸里。

我从前就是那样的一个渔夫。我不但不爱吃鱼，连闻到有些鱼的气息也要作呕的，河虾也只能勉强尝两三只。但我小时却是一个有名的善钓鱼虾的孩子。

我们的老屋在这村庄的中央，一边是桥，桥的两头是街道，正是最热闹的地方。河水由南而北，在我们老屋的东边经过。这里的河岸都用乱石堆嵌出来，石洞最多，河虾也最多。每年一到夏天，河水渐渐浅了，清了，从岸上可以透澈地看到近处的河底。早晨的太阳从东边射过来，石洞口的虾便开始活泼地爬行。伏在岸上往下望，连一根一根的虾须也清晰地看得见。

这时和其他的孩子们一样，我也开始忙碌了。从柴堆里选了一根最直的小竹竿，砍去了旁枝和丫杈，在煤油灯上把弯曲的竹节炙直了，拴上一截线。从屋角里找出鸡毛来，扯去了管旁的细毛，把鸡毛管剪成几分长的五截，穿在线上，加上小小的锡块，用铜丝捻成小钩，钓竿就成功了。然后在水缸旁阴湿的泥地，掘出许多黑色的小蚯蚓，用竹管或破碗装了，拿着一只小水桶，就到墙外的河岸上去。

"又要忙啦！钓来了给谁吃呀！"母亲每次总是这样的说。

但我早已笑嘻嘻地跑出了大门。

把钩子沉在岸边的水里，让虾儿们自己来上钩，是很慢的，我不爱这样。我爱伏在岸上，把钓竿放下，不看浮子，单提着线，对着一个一个的石洞口，上下左右的牵动那串着蚯蚓的钩子。这样，洞内洞外的虾儿立刻就被引来了。它颇聪明，并不立刻就把串着蚯蚓的钩子往嘴里送，它只是先用大钳拨动着，作一次试验。倘若这时浮子在水面，就现出微微的抖动，把线提起来，它便立刻放松了。但我只把线微微的牵动，引起它舍不得的欲望，它反用大钳钩紧了，扯到嘴边去。但这时它也还并不往嘴里送，似在作第二次试验；把钩子一推一拉的动着。于是浮子在水面，便跟着一上一下的浮沉起来。我只再把线牵得紧一点，它这才把钩子拉得紧紧的往嘴里送了。然而倘若凭着浮子的浮沉，是常常会脱钩的。有些聪明的虾儿常常不把钩子的尖头放进嘴里去，它们只咬着钩子的弯角处。见到这种吃法的虾子，我便把线搓动着，一紧一松的牵扯，使钩尖正对着它的嘴巴。看见它仿佛吞进去了，但也还不能立刻提起线来，有时还须把线轻轻地牵到它的反面，让钩子扎住它的嘴角，然后用力一提，它才嘶嘶嘶的弹着水，到了岸上。

把钩子从虾嘴里拿出来，把虾儿养在小水桶里，取了一条新鲜的小蚯蚓，放在左手心上，轻轻地用右手拍了两下，拍死了，便把旧的去掉，换上新的，放下水里，第二只虾子又很快的上钩了。同一个石洞里，常常住着好几只虾子，洞外又有许多游击队似的虾儿爬行着：腹上满贮着虾子的老实的雌虾，全身长着绿苔的凶狠的老虾，清洁透明的活泼的小虾。它们都一一的上了我的钩，进了我的小水桶。

"你这孩子真会钓，这许多！"大人们望了一望我的小水桶，都这样称赞说。

到了中午，我的小水桶里已经装满了。

"看你怎样吃得了！……"母亲又欢喜又埋怨的说。

她给我在饭锅里蒸了五六只，但我照例的只勉强吃了一半，有时甚至咬了半只就停筷了。

到了第二天早晨水桶里的虾儿呆的呆了，白的白了，很少能够养得活。母亲只好把它们煮熟了，送给隔壁的人家吃。因为她和我姊姊是比我更不爱吃的。

"你只是给人家钓，还要我赔柴赔盐赔油葱！"她老是这样的埋怨我。"算了吧，大热天，坐在房子里不好吗？你看你面孔，你头颈，全晒黑啦！"

但我又早已拿着钓竿、蚯蚓，提着小水桶，悄悄的走到河边去了。

夏天一到，没有什么比这更快乐，空水桶出去，满水桶回来，一只大的，一只小的，一只雌的，一只雄的，嘶嘶嘶弹着水从河里提上来，上下左右叠着堆着。

直至秋天来到，天气转凉了，河水大了，虾儿们躲进石洞里，不大出来，我也就把钓竿藏了起来。但这时母亲却恶狠狠的把我的钓竿折成了两三段，当柴烧了。

"还留到明年吗？一年比一年大啦，明年还要钓虾吗？明年再钓虾不给你读书啦，把你送给渔翁，一生捕鱼过活！……"

我默默地不做声，惋惜地望着灶火中毕剥地响着的断钓竿。

待卜一年的夏天到时，我的新钓竿又做成了：比上年的长，比上年的直，比上年的美丽，钓来的虾也比上年的多。母亲老是说着照样的话，老是把虾儿煮熟了送给人家吃。

十六岁那一年，我的钓竿突然比我身体高了好几尺。我要开始钓鱼了。

两个和我最要好的同族的哥哥，一个叫做阿成哥，一个叫做阿华哥，替我做成了钓鱼竿，竹竿、浮子、钩子、锡块，全是他们的东西，我只拿了母亲一根丝线。做这钓竿的工厂就在阿华哥的家里，母亲全不知道。直至一切都做好了，我才背着那节节青黑相间的又粗长又柔软的钓竿，笑嘻嘻地走到家里来。

"妈……"我高兴地提高声音叫着，不说别的话。

我把背在肩上的钓竿竖起来，预备放下的时候，竿梢触着了顶上的天花板，发出悉率悉率的声音。我仿佛觉得自己长大了许多，亲手触着了天花板似的。

这时母亲从厨房里走出来了，她惊讶地呆了许久。像喜欢又像生气的瞪着眼望了望我的钓竿，又望了望我的全身。

过了一会，她的脸色渐渐沉下，显得忧郁的样子，叹了一口气，说了："咳！十六岁啦，看你长得多么高啦，还不学好！难道真的一生钓鱼过活吗？……"

她哽咽起来，默然走进了厨房。

我给她吓了一跳，轻轻把钓竿放下，呆了半天，不敢到厨房里去见她。过了许久，我独自走到楼上读书去了。

但钓竿就在脚下，只隔着一层楼板，仿佛它时刻在推我的脚底，使我不能安静。

第二天早饭后，趁着母亲在厨房里收拾碗筷，我终于暗地里背着我的可爱钓竿出去了。

阿华哥正拿着锄头到邻近的屋边去掘蚯蚓，我便跟了去，分了他几条。又从他那里拿了一点糠灰，用水拌湿了，走到河边，用钓竿比一比远近，试一试河水的深浅，把一团糠灰丢了下去。看着它慢慢沉下去，一路融散，在河边做了一个记号，把钓竿放在阿华哥家里，又悄悄的跑到自己的家里。

母亲似乎并没注意到钓竿已经不在家里了，但问我到哪里去跑了一趟。我用别的话支吾了开去，便到楼上大声地读了一会书。

过了一刻钟，估计着丢糠灰的地方，一定集合了许多鱼儿，我又悄悄地下了楼，溜了出去，到阿华哥家里背了我的钓竿。

这时丢过糠灰的河中，果然聚集了许多鱼儿了。从水面的泡沫，可以看得出来。它们继续不断的这里一个，那里一个，亮晶晶地珠子似的滚到了水面。单独的是鲫鱼，成群的大泡沫有着游行性的是鲤鱼，成群的细泡沫有着固定性的是甲鱼。

我把大蚯蚓拍死，串在钩子上，卷开线，往那水泡最多的地方丢了下去，然后一手提着钓竿，静静地站在岸上注视着浮子的动静。

水面平静得和镜子一样，七粒浮子有三粒沉在水中，连极细微的颤动也看得见，离开河边几尺远，虾儿和小鱼是不去的。红色的蚯蚓不是鲤鱼和甲鱼所爱吃，爱吃的只有鲫鱼。它的吃法，可以从浮子上看出来：最先，浮子轻微地有节拍地抖了几下，这是它的试验，钓竿不能动，一动，它就走了；随后水面上的浮子，一粒或半粒，沉了下去，又浮了上来，反复了几次，这是它把钩子吸进嘴边又吐了出来，钓竿仍不能动，一动，尚未深入的钩子就从它的嘴边溜脱了；最后，水面的浮子，两三粒一起的突然往下沉了下去，又即刻一起浮了上来，这是它完全把钩子吞了进去，拖着往上跑的时候，可以迅速地把竿子提起来；倘若慢了一刻，等本来沉在水下的三粒浮子也送上水面，它就已吃去了蚯蚓，脱了钩了。

我知道这一切，眼快手快，第一次不到十分钟就钓上了一条相当大的鲫鱼。但同时到底因为初试，用力过猛了一点，使钩上的鱼儿跟着钓线绕了一个极大的圆圈，倘不是立刻往后跳了几步，鱼儿又落到水面，可就脱了钩了。然而它虽然没有落在水面，却已啪的撞在石路上，给打了个半死半活。

于是我欢喜的高举着钓竿，往家里走去。鱼儿仍在钓钩上，柔软的竿尖一松一紧地颤动着，仿佛蜻蜓点水一样。

"妈！大鱼来啦！大鱼来啦！……"我大声地叫了进去。

走到檐口，抬起头来，原来母亲已经站在我右边的后方，惊讶地望着。她这静默的态度，又使我吃了一惊，一场欢喜给她打散了一大半。我也便不敢做声，呆呆地立住了。

"果然又去钓鱼啦！……"过了一会，她埋怨说，"要是大鲤鱼上了钩，把你拖下河里去怎么办呢？……"

"那不会！拖它不上来，丢掉钓竿就是！"我立刻打断她的话，回答说。我知道她对这事并不严重，便索性拿了一只小水桶，又跑出去了。

到了吃中饭的时候，我提了满满的一桶回家。下午换了一个地方，又是一满桶。

"我可不给你杀，我从来不杀生的！"母亲说。

然而我并不爱吃，鲫鱼是带着很重的河泥气的，比海鱼还难闻。我把活的养在水缸里，半死的或已死的送给了邻居。

日子多了，母亲觉得惋惜，有时便请别人来杀，叫姊姊来烤，强迫我吃，放在我的面前，说："自己钓上来的鱼，应该格外好吃的，也该尝一尝！要不然，我把你钓竿折断当柴烧啦！"

于是我便不得不忍住了鼻息，钳起几根鱼边的葱来，胡乱地拨碎了鱼身。待第二顿，我索性把鱼碗推开了。它的气味实在令人作呕。母亲不吃，姊姊也不吃，终于又送了人。

然而我是快活的，我的兴趣全在钓的时候。

十八岁春天，我离开家乡了。一连五六年，不曾钓过鱼，也不曾见过鱼。我把我大部分的年月消耗在干燥的沙漠似的北方。

二十四岁回到故乡，正在夏天里，河岸的两边满是一班生疏的新的渔夫。我的心突突地跳着，想做一根新的钓竿去参加，终于没有勇气。父亲母亲和周围的环境支配着我，像都告诉我说，我现在成了一个大人了，而且是一个斯文的先生，上等的人物，是不能和孩子们，粗人们一道的。只有我的十二岁的妹妹，她现在继续着我，成了一个有名的钓虾的人物，我跟着她去，远远地站着，穿着文绉绉的长衫，仿佛在监视着她，怕她滚下河去似的，望了一会，但也不敢久了，便匆遽地回到屋里。

直至夏天将尽，我才有了重温旧梦的机会。

那时我的姊姊带了两个孩子，搬到了离我们老屋五里外的一个地方，我到那里去做了七八天的客人。

她的隔壁是我的一个堂叔的家。我小的时候，这个堂叔是住在我们老屋隔壁的，和我最亲热，和我父亲最要好。他约莫比我大了十二三岁，据说我小的时候，就是他抱大的。我只记得我十一二岁的时候，还时常爬到他的身上骑呀背呀的玩。七八年前，因为他要在姊姊的娘家那边街上开店，他便搬了家。姊姊所以搬到那边去，也就是因为有他们在那里住着，可以照顾。

这时叔叔已经没有开店了，在种田。有了两个孩子。他是没有一点祖遗的产业的人，开店又亏了本。生活的重担使他弯了一点背，脸上起了一些皱纹，他的皮肤被太阳晒成了棕红色，完全不像六七年前的样子了。只有他温和的笑脸，还依然和从前一样，见到我总是照样的非常亲热。他使我忘记了我已是二十几岁的大人，对他又发出孩子气来。

他屋前有一簇竹林，不大也不小，几乎根根都可以做钓鱼竿。二十几步外是一条东西横贯的河道。因为河的这边人口比较稀少，河的那边是旷野，往西五六里便是大山，所以这里显得很僻静，埠头上很少人洗衣服，河岸上很少行人，河道中也很少船只。我觉得这里是最适宜于我钓鱼了，便开始对叔叔露出欲望来。

"这一根竹子可以做钓鱼竿，叔叔！"我随意指着一根说。

叔叔笑了，他立刻知道了我的意思，摇一摇头，说："这根太粗啦。你要钓鱼，我给你拣一根最好的。——你从前不是很喜欢钓鱼吗，现在没事，不妨消遣消遣。"

我立刻快乐了。我告诉他，我真的想钓鱼，在外面住了这许多年，是看不见故乡这种河道的。随后我就想亲自走到竹林里去，选择一根好的。

但他立刻阻止我了："那里有刺，你不要进去，我给你砍吧。"

于是他拿了一把菜刀进去了。拣出来的正是一根细长柔软合宜的竹竿。随后鹅毛，钩子，锡块他全给我到街上买了来。糠灰，丝线是他家里有的。现在只差蚯蚓了。

"我自己去掘。"我说。

“你找不到，”他说，拿了锄头，“这里只有放粪缸的附近有那种蚯蚓，我看见别人掘到过，那里太脏啦，你不要去，还是我给你去掘吧。”

他说着走了，一定要我在屋内等他。

直至一切都预备齐，我欣喜地背上新的钓竿，预备出发的时候，他又在我手中抢去了小水桶和蚯蚓碗，陪着我到了河边。随后他回去了，一会儿拿了一条小凳来。

“坐着吧，腿子要站酸的哩。”

“好吧，叔叔，你去做你的事，等一会吃我钓上来的鱼。”

但他去了一会儿又来了，拿着一顶伞。

“太阳要晒黑的，戴着伞好些。”他说着给我撑了开来。

“我叫你婶婶把锅子洗干净了等你的鱼，我有事去啦。”他这才真的到他的田头去了。

五六年不见，我和我的叔叔都变了样了，但我们的两颗心都没有变，甚至比以前还亲热，面前的河道虽然换了场面，但河水却更清澈平静。许久不曾钓鱼了，我的技术也还没有忘却，而且现在更知道享受故乡的田园的乐趣。一根草，一叶浮萍，一个小水泡，一撮细小的波浪，甚至水中的影子极微的颤动，我都看出了美丽，感到了无限的愉悦。我几乎完全忘记了我是在钓鱼。

一连三天，我只钓上了七八条鱼。大家说我忘记了，我真的忘记了。

“总是看着山水出神啦，他不是五六年不见这种河道了吗？”叔叔给我推想说。

只有他最知道我。

然而我们不能长聚，几天后我不但离别了他，并且离别了故乡。

又过三年回来，我不能再看见我的叔叔。他在一年前吐血死了，显然是因为负担过重之故。

从那一次到现在，十多年了，为了生活的重担，我长年在外面奔波着，中间也只回到故乡三次，多是稍住一二星期，便又走了。只有今年，却有了久住的机会。但已像战斗场中负伤的兵士似的，尝遍了太多的苦味，有了老人的思想，对一切都感到空虚，见着叔叔的两个十几岁孩子，和自己的六岁孩子，夹杂在河边许多特殊的渔夫的中间，伏着蹲着，钓虾钓鱼，熙熙攘攘，虽然也偶然感到兴趣，走过去踱了一会，但已没有从前那样的耐心，可以一天到晚在街头或河边呆着。

我也已经没有欲望再在河边提着钓竿。我今日也只偶然的感到兴奋，咀嚼着过去的滋味。

故乡的杨梅

鲁彦

　　过完了长期的蛰伏生活，眼看着新黄嫩绿的春天爬上了枯枝，正欣喜着想跑到大自然的怀中，发泄胸中的郁抑，却忽然病了。唉，忽然病了。

　　我这粗壮的躯壳，不知道经过了多少炎夏和严冬，被轮船和火车抛掷过多少次海角与天涯，尝受过多少辛劳与艰苦，从来不知道颤栗或疲倦的呵，现在却呆木地躺在床上，不能随意的转侧了。

尤其是这躯壳内的这一颗心。它历年可是铁一样的。对着眼前的艰苦，它不会畏缩；对着未来的憧憬，它不肯绝望；对着过去的痛苦，它不愿回忆的呵，然而现在，它却尽管凄凉地往复的想了。

唉，唉，可悲呵，这病着的躯壳的病着的心。尤其是对着这细雨连绵的春天。

这雨，落在西北，可不全像江南的故乡的雨吗？细细的，丝一样，若断若续的。

故乡的雨，故乡的天，故乡的山河和田野……还有那蔚蓝中衬着整齐的金黄的菜花的春天，藤黄的稻穗带着可爱的气息的夏天，蟋蟀和纺织娘们在濡湿的草中唱着诗的秋天，小船吱吱地独着沉默的薄冰的冬天……还有那熟识的道路，还有那亲密的故居……不，不，我不想这些，我现在不能回去，而且是病着，我得让我的心平静：恢复我过去的铁一般的坚硬，告诉自己：这雨是落在西北，不是故乡的雨——而且不像春天的雨，却像夏天的雨。

不要那样想吧，我的可怜的心呵，我的头正像夏天的烈日下的汽油缸，将要炸裂了，我的嘴唇正干燥得将要进出火花来了呢。让这夏天的雨来压下我头部的炎热，让……让……唉，唉，就说是故乡的杨梅吧……它正是在类似这样的雨天成熟的呵。

故乡的食物，我没有比这更喜欢的了。倘若我爱故乡，不如就说我完全是爱的这叫做杨梅的果子吧。

呵，相思的杨梅！它有着多么惊异的形状，多么可爱的颜色，多么甜美的滋味呀。

它是圆的，和大的龙眼一样大小，远看并不稀奇，拿到手里，原来它是遍身生着刺的哩。这并非是它的壳，这就是它的肉。不知道的人，一定以为这满身生着刺的果子是不能进口的了，否则也须用什么刀子削去那刺的尖端的吧？然而这是过虑。

它原来是希望人家爱它吃它的。只要等它渐渐长熟，它的刺也渐渐软了，平了。

那时放到嘴里，软滑之外还带着什么感觉呢？没有人能想得到，它还保存着它的特点，每一根刺平滑地在舌尖上触了过去，细腻柔软而且亲切——这好比最甜蜜的吻，使人迷醉呵。

颜色更可爱呢。它最先是淡红的，像娇嫩的婴儿的面颊，随后变成了深红，像是处女的害羞，最后黑红了——不，我们说它是黑的。然而它并不是黑，也不是黑红，原来是红的。太红了，所以像是黑。轻轻的啄开它，我们就看见了那新鲜红嫩的内部，同时我们已染上了一嘴的红水。说他新鲜红嫩，有的人也许以为一定像贵妃的肉色似的荔枝吧？嗳，那就错了。荔枝的光色是呆板的，像玻璃，像鱼目；杨梅的光色却是生动的，像映着朝霞的露水呢。

滋味吗？没有十分成熟是酸带甜，成熟了便单是甜。这甜味可决不使人讨厌，不但爱吃甜味的人尝了一下舍不得丢掉，就连不爱吃甜味的人也会完全给它吸引住，越吃越爱吃。它是甜的，然而又依然是酸的，而这酸味，我们须待吃饱了杨梅以后，再吃别的东西的时候，才能领会得到。那时我们才知道自己的牙齿酸了，软了，连豆腐也咬不下了，于是我们才恍然悟到刚才吃多了酸的杨梅。我们知道这个，然而我们仍然爱它，我们仍须吃一个大饱。它真是世上最迷人的东西。

唉，唉，故乡的杨梅呵。

细雨如丝的时节，人家把它一船一船地载来，一担一担的挑来，我们一篮一篮的买了进来，挂一篮在檐口下，放一篮在水缸盖上，倒上一脸盆，用冷水一洗，一颗一颗的放进嘴里，一面还没有吃了，一面又早已从脸盆里拿起了一颗，一口气吃了一二十颗，有时来不及把它的核一一吐出来，便一直吞进了肚里。

"生了虫呢……蛇吃过了呢……"母亲看见我们吃得快，吃得多，便这样的说了起来，要我们仔细的看一看，多多的洗一番。

但我们并不管这些，它成了我们的生命，我们越吃越快了。

"好吃，好吃，"我们心里这样想着，嘴里却没有余暇说话。待肚子胀上加胀，胀上加胀，眼看着一脸盆的杨梅吃得一颗也不留，这才呆笨地挺着肚子，走了开去，叹气似的嘘出一声"咳"来……唉，可爱的故乡的杨梅呵。一年，二年……我已有十六七年不曾尝到它的滋味了。偶而回到故乡，不是在严寒的冬天，便是在酷热的夏天，或者杨梅还未成熟，或者杨梅已经落完了。这中间，曾经有两次，在异地见到过杨梅，比故乡的小，比故乡的酸，颜色又不及故乡的红。我想回味过去，把它买了许多来。

"长在树上，有虫爬过，有蛇吃过呢……"我现在成了大人，有了知识，爱惜自己的生命甚于杨梅了。

我用沸滚的开水去细细的洗杨梅，觉得还不够消除那上面的微菌似的。

于是它不但更不像故乡的，简直不是杨梅了。我只尝了一二颗，便不再吃下去。

最后一次我终于在离故乡不远的地方见到了可爱的故乡的杨梅。然而又因为我成了大人，有了知识，爱惜自己的生命甚于杨梅，偶然发现一条小虫，也就拒绝了回味的欢愉。

现在我的味觉也显然改变了，即使回到故乡，遇到细雨如丝的杨梅时节，即使并不害怕从前的那种吃法，我的舌头应该感觉不出从前的那种美味了，我的牙齿应该不能像从前似的能够容忍那酸性了。

唉，故乡离开我愈远了。

我们中间横着许多鸿沟。那不是千万里的山河的阻隔，那是……唉，唉，我到底病了。我为什么要想到这些呢？

看呵，这眼前的如丝的细雨，不是若断若续的落在西北的春天里吗？

说笋之类

王任叔

近来常在小菜之间，偶然拨到几片笋，为了价昂，娘姨不能多买，也就在小菜里略略掺和几片，以示点缀。但这使我于举箸之时，油然地想到了故乡，不免有点"怀乡病"了。

我之爱笋，倒不是为的它那"挺然翘然"的姿势。日本学者之侮蔑中国，真可说是"无微不至"。鲁迅先生的《马上支日记》，有这样的一节话：

"安冈氏又自己说——

"笋和支那人的关系，也与虾正相同。彼国人的嗜笋，可谓在日本人以上。虽然是可笑的话，也许是因为那挺然翘然的姿势，引起想象来的罢。

"会稽至今多竹。竹，古人是很宝贵的，所以曾有'会稽竹箭'的话。然而宝贵它的原因是在可以做箭，用于战斗，并非因为它'挺然翘然'像男根。多竹，即多笋；因为多，那价钱就和北京的白菜差不多。我在故乡，就吃了十多年笋，现在回想，自省，无论如何，总是丝毫也寻不出吃笋时，爱它'挺然翘然'的思想的影子来。"

我是不很佩服我们东邻的所谓"文化艺术"的。也许由于我的浅尝，无法理解他们的伟大。但自明治维新以来，日本没有一个文学者，能及得上我们的鲁迅先生。这也许和日本资本主义的发展始终脱不了封建势力的束缚有点关系，在文化艺术的领域上，只看到他们风气的流变：自自然主义而至理想主义，而至"左翼运动"，大半都停留在表面上，不可能有更深入的发掘。安冈秀夫的话，也许多少受到弗洛特学说的影响，然而以此作为侮蔑中国民族性的刻画，确实是可观了。

因为爱吃笋，就想到乡间掘笋的故事，真所谓"一粥一饭，当思来之不易"。我家老屋后门，就有一大块竹山。中国人固然有以竹为箭，用于战斗；但最古时候，还有用蒲的。《左传》所谓"董泽之蒲，可胜既乎"。那说来，真是"草木皆兵"了。这可见中国民族是最坚忍善斗的。不过世界上杀人武器，既已通行枪炮，以竹为箭，成了我们孩子时代的玩意。古风杳渺，乡之人也早没有见竹而思战斗的积习了。他们欢喜培竹，一则为图出息，二则为图口舌，三则如遇我辈文人雅士，聊供消暑纳凉，吟诗入画罢了。

我没有"赋得修竹"的才能，更没有写松竹梅岁寒三友图的本领。但却时常跟着长工去掘过笋。笋而必须掘，那已可见并不是一定"挺然翘然"的了。大概城市里人，想象特别丰富，虽然在植物学书上，也看到过"块根""块茎"之说，但一入乡间，也不免有刘姥姥进大观园之慨。五四时候，一般青年激于义愤，以大写壹字的资格——因为有别于寻常戏子，他们以大写壹字自居，而将寻常戏子比之为小写一字，——入乡演剧宣传，一看满地的"田田荷叶"，均皆惊奇不置。一经询问之下，始知为常吃的芋艿，不免大失所望。他们全以为芋艿该如橘子李子，是结在树上的。人之智愚不肖，不能以书本为标本，于此已可概见了。入冬之时，竹山里的笋，其未"挺然翘然"，怕也出于安冈秀夫自己的想象之外吧。

掘笋功事，非专家不办。大抵冬霜既降，而绿竹尚"秀色可餐"——这说来，自然是好吃的民族了——土地坚实异常；冬笋则必裂地而出。据说是人间春意，先发于地。竹根得春气之先，便苗新芽，是即为笋。笋伏处土中，日趋苗壮。乡人于此之时，即从事采掘，如发宝藏，虽并不容易，但乡人类能"善观气色"，"格竹"致知。从竹的年龄与枝叶的方位，知道它盘根所在。循根发掘，每每能获得"小黄猫"似的笋。我不大了解他们掘得笋时的喜悦心情，在我则是掘得新笋一株，赛获黄金万两。吃笋固然快乐，掘笋则更觉趣味无穷。

这也许由于我"得之也难，则爱之也深"。希望成于战斗，地下的"小黄猫"，是人间的大希望。我于此而体念到人生的意味。大抵我的掘笋方法，专看地上裂缝。因笋有成竹而为箭的使命，所以特别顽强，不论土地如何结实，甚至有巨石高压，它必欲"挺身而出"，故初则裂地为缝，终则夺缝怒长。即有巨石，亦必被掀到一旁。大抵冬笋是它尚未出于地面之称，并非与毛缝笋为不同种类。一为毛笋，只须塌地斩断，不劳你东搜西寻了。所以一作羹汤，也就觉得鲜味稍杀。

在绿竹丛中黄草堆里，要寻到所谓笋的"爆"，实在困难。我家"长工""看牛"之类，又常和我取笑，当我转过背去，就用锄向地上一掘，做成个假的"爆"，并且做出种种暗示，叫我向那爆裂处走去。一待我发现这个，便用力地掘，弄得筋疲力尽，还是一无所得，而他们却挂锄站立一旁，浅浅微笑了。"绝望之为虚妄，正与希望相同"，而我则不作如是想，大抵每一早晨，我非掘得二株笋，是不愿回家的。

然而，有时，于无意之间，与姊妹嬉顽于竹林深处，或采毛莨咀嚼，或筑石为城，翻动乱石，忽见"小黄猫"出现眼前，那真大喜过望，莫不号跳回家，携锄入山。真有"长镵长镵白木柄，吾生托子以为命"之慨了。

不过乡人之于竹，有"笋山"与"竹山"之分。我家就有一大竹山，一小笋山。竹山专用以培竹。笋山大都邻近居处，便于采掘。竹山则专有管山人司值，禁止一切人等偷掘冬笋。竹山每年一度壅培，即用管山人所饲之牛的"牛粪"。壅培之时，大概在秋末冬初。这事在富农的我家，仿佛是个节日，我也曾跟长工雇工，参与这种盛会。目的不在去闻牛粪香味，而在管山人的一顿好小菜。壅山之日，主人与管山人同至山地数竹，将每一竹上用桐油写上房记；我则跟随在瘦长的父亲的身后，看着他提着一竹筒黑油，用毛笔沾油作书的有趣情景。这在乡间叫做"号竹"。父亲号竹的本领，极其高妙，笔触竹竿，如走龙蛇，顷刻即就。有时是"明房"两字，有时则为"王明房"。这打算自然不同于竹上题诗。竹既有号，则偷儿便无所用其技了。固然伐竹之时，可将它记号刮去。但被刮过的竹，背到村里，人们也就侧目而视。这大概就是张伯伦所谓"道德的效果"吧！

我是不大明白父亲那种爱竹心理的。但每当秋夏之交，父亲又率长工上山去了，将竹山上的老竹删去一批，背到村前溪滩，唤筏工，锁竹成筏，专等老天下雨，溪水高涨。大概秋雨一阵过后，父亲就背上糇囊，上城去了。同时，筏工也撑着竹筏，顺水而下。有时，父亲且与做长板生意的合作，让竹筏上载着许多木头刳成的长板，舳舻接尾地浩浩荡荡流着出去。乡下孩子所见甚少，每遇此情此景，是觉颇为"壮观"的。

背着糇囊上路的父亲，不到一月左右，也就捎着"凤仙袋"喜气洋洋地回来了。母亲自然是慰劳备至，首先为他招呼面水脚水。父亲本不喝酒，但在这一次餐桌上，母亲总为他烫下几两黄酒，姑且小饮几杯，说是赶赶寒气，而我所欣喜的则又是借此也有一顿好小菜吃。

自掘笋以至壅竹卖竹，这情景在今天想来，宛然如画。叹童时之不可复回，慨"古风"之未必长存，我虽泄气，却还欣然。然而脚踏实地，父亲时代乡人们的艰苦奋斗精神，那确实是如笋如竹，挺然翘然，不可一世的！

我们兄弟之间，已没有人步父亲后尘，过这艰苦奋斗的生活了。

我在海外流浪，已十余年于兹，故乡山色，是否一仍旧观，亦无法想象。我本无所爱于故乡，但身处孤岛，每天总可碰到些失却家乡流浪街头的难胞。他们惦念着祖宗的遗业，他们忘不了自己的土地。他们也许时时做着家园的梦，牛的梦，犁头的梦，甚至闻着牛粪的气息，然而他们的故乡呢？这使我于悲悯他们的境遇之后，略觉骄矜，我的故乡依然还是我们的！但不知有谁负起捍卫这乡邦的责任？一九二七年，二兄在世，故乡是曾经吼过来的。亡友董挚兴的血，怕还未必干了吧，但我的故乡在今天是否也在吼呢？

父亲在日，尝告我曰：昔者尚书太公与崇祯皇帝闲谈，皇帝询及吾乡情况，尚书太公以十四字作答："干柴白米岩骨水，嫩笋绿茶石板鱼。"是这样世外桃源的故乡，怕已未必再见于今日了。我也不愿我的故乡，终于成为桃源。能斗争，才能存在；能奋发，才能进步。旧的让它死去，新的还须创造。失了乡土的同胞，我亦正与之同运命。而挺拔自雄却寒御暑的笋竹的英姿，该是我们所应学取的吧！

吃笋之余，有感如右，非为怀旧，借以自惕云耳。

归来

石评梅

四围山色中，一鞭残照里，我骑着驴儿归来了。

过了南天门的长山坡，远远望见翠绿丛中一带红墙，那就是孔子庙前我的家了，心中说不出是什么滋味，这又是一度浩劫后的重生呢；依稀在草香中我嗅着了血腥：在新冢里看见了战骨。我的家，真能如他们信中所说的那样平安吗？我有点儿不相信。

抬头已到了城门口，在驴背上忽然听见有人唤我的乳名。

这声音和树上的蝉鸣夹杂着，我不知是谁？回过头来问跟着我的小童：

"珑珑！听谁叫我呢！你跑到前边看看。"

接着又是一声，这次听清楚了是父亲的声音；不过我还不曾看见他到底是在那里喊我，驴儿过了城洞我望见一个新的炮垒，父亲穿着白的长袍，站在那土丘的高处，银须飘拂向我招手；我慌忙由驴背上下来，跑到父亲面前站定，心中觉着凄梗万分眼泪不知怎么那样快，我怕父亲看见难受，不敢抬起头来，也说不出什么话来。父亲用他的手抚摩着我的短发，心里感到异样的舒适与快愉。也许这是梦吧，上帝能给我们再见的机会。

沉默了一会，我才抬起头来，看父亲比别时老多了，面容还是那样慈祥，不过举动显得迟钝龙钟了。

我扶着他下了土坡，慢慢缘着柳林的大道，谈着路上的情形。我又问问家中长亲们的健康，有的死了，有的还健在，年年归来都是如此沧桑呢。珑珑赶着驴儿向前去了，我和父亲缓步在黄昏山色中。

过了孔庙的红墙，望见我骑的驴儿挂在老槐树上，昆林正在帮着珑珑拿东西呢！她见我来了，把东西扔了就跑过来，喊了一声"梅姑！"似乎有点害羞，马上低了头，我握着她手一端详：这孩子出脱的更好看了，一头如墨云似的头发，衬着她如雪的脸儿，睫毛下一双大眼睛澄碧灵活，更显得她聪慧过人。这年龄，这环境，完全是十年前我的幻影，不知怎样联想起自己的前尘，悄悄在心底叹了一口气。

进了大门，母亲和一个不认识的女人坐在葡萄架下，嫂嫂正在洗手。她们看见我都喜欢的很。母亲介绍我那个人，原来是新娶的八婶。吃完饭，随便谈谈奉军春天攻破娘儿关的恐慌虚惊，母亲就让我上楼去休息。这几间楼房完全是我特备的，回来时母亲就收拾清楚，真是窗明几净，让我这匹跋涉千里疲惫万分的征马，在此卸鞍。走了时就封锁起来，她日夜望着它祷祝我平安归来。

　　每年走进这楼房时，纵然它是如何的风景依然，我总感到年年归来时的心情异昔。扶着石栏看紫光弥漫中的山城，天宁寺矗立的双塔，依稀望着我流浪的故人微笑！沐浴在这苍然暮色的天幕下时，一切扰攘奔波的梦都霍然醒了，忘掉我还是在这嚣杂的人寰。

　　尤其令我感谢的是故乡能逃出野蛮万恶的奉军蹂躏，今日归来不仅天伦团聚而且家园依旧。我看见一片翠挺披拂的玉米田，玉米田后是一畦畦的瓜田，瓜田尽头处是望不断的青山，青山的西面是烟火，人家，楼台城廓，背着一带黑森森的树林，树梢头飘游着逍遥的流云。静悄悄不见一点儿嘈杂的声音，只觉一阵阵凉风吹摩着鬓角衣袂，几只小鸟在白云下飞来飞去。

　　我羡慕流云的逍遥，我忌恨飞鸟的自由，宇宙是森罗万象的，但我的世界却是狭的笼呢！

　　追逐着，追逐着，我不能如愿满足的希望。来到这里又想那里，在那里又念着回到这里，我痛苦的，就是这不能宁静不能安定的灵魂。

正凝想着，昆林抱着黑猫上来了。这是母亲派来今夜陪我的侣伴。临睡时，天暮上只有几点半明半暗的小星星。我太疲倦了，这夜不曾失眠，也不曾做梦。

我所生长的地方

沈从文

　　拿起我这支笔来，想写点我在这地面上二十年所过的日子，所见的人物，所听的声音，所嗅的气味；也就是说我真真实实所受的人生教育，首先提到一个我从那儿生长的边疆僻地小城时，实在不知道怎样来着手就较方便些。我应当照城市中人的口吻来说，这真是一个古怪地方！只由于两百年前满人治理中国土地时，为镇抚与虐杀残余苗族，派遣了一队戍卒屯丁驻扎，方有了城堡与居民。这古怪地方的成立与一切过去，有一部《苗防备览》记载了些官方文件，但那只是一部枯燥无味的官书。我想把我一篇作品里所简单描绘过的那个小城，介绍到这里来。这虽然只是一个轮廓，但那地方一切情景，欲浮凸起来，仿佛用手去摸触。

　　一个好事人，若从二百年前某种较旧一点的地图上去寻找，当可在黔北、川东、湘西一处极偏僻的角隅上，发现了一个名为"镇筸"的小点。那里同别的小点一样，事实上应当有一个城市，在那城市中，安顿下三五千人口。不过一切城市的存在，大部分都在交通、物产、经济活动情形下面，成为那个城市枯荣的因缘，这一个地方，却以另外一个意义无所依附而独立存在。试将那个用粗糙而坚实巨大石头砌成的圆城作为中心，向四方展开，围绕了这边疆僻地的孤城，约有五百左右的碉堡，二百左右的营汛。碉堡各用大石块堆成，位置在山顶头，随了山岭脉络蜿蜒各处走去；营汛各位置在驿路上，布置得极有秩序。这些东西在一百八十年前，是按照一种精密的计划，各保持相当距离，在周围数百里内，平均分配下来，解决了退守一隅常作"蠢动"的边苗"叛变"的。两世纪来满清的暴政，以及因这暴政而引起的反抗，血染红了每一条官路同每一个碉堡。到如今，一切完事了，碉堡多数业已毁掉了，营汛多数成为民房了，人民已大半同化了。落日黄昏时节，站到那个巍然独在万山环绕的孤城高处，眺望那些远近残毁碉堡，还可依稀想见当时角鼓火炬传警告急的光景。这地方到今日，已因为变成另外一种军事重心，一切皆用一种迅速的姿势在改变，在进步，同时这种进步，也就正消灭到过去一切。

　　凡有机会追随了屈原溯江而行那条长年澄清的沅水，向上游去的旅客和商人，若打量由陆路入黔入川，不经古夜郎国，不经永顺、龙山，都应当明白"镇筸"是个可以安顿他的行李最可靠也最舒服的地方。那里土匪的名称不习惯于一般人的耳朵。兵卒纯善如平民，与人无侮无扰。农民勇敢而安分，且莫不敬神守法。商人各负担了花纱同货物，洒脱的向深山中村庄走去，同平民作有无交易，谋取什一之利。地方统治者分数种：最上为天神，其次为官，又其次才为村长同执行巫术的神的侍奉者。人人洁身信神，守法爱官。每家俱有兵役，可按月各自到营上领取一点银子，一份米粮，且可从官家领取二百年前被政府所没收的公田耕耨播种。城中人每年各按照家中有无，到天王庙去杀猪，宰羊，磔狗，献鸡，献鱼，求神保佑五谷的繁殖，六畜的兴旺，儿女的长成，以及作疾病婚丧的禳解。人人皆依本分担负官府所分派的捐款，又自动的捐钱与庙祝或单独执行巫术者。一切事保持一种淳朴习惯，遵从古礼；春秋二季农事起始与结束时，照例有年老人向各处人家敛钱，给社稷神唱木傀儡戏。旱暵祈雨，便有小孩子共同抬了活狗，带上柳条，或扎成草龙各处走去。春天常有春官，穿黄衣各处念农事歌词。岁暮年末居民便装饰红衣傩神于家中正屋，捶大鼓如雷鸣，苗巫穿鲜红如血衣服，吹镂银牛角，拿铜刀，踊跃歌舞娱神。城中的住民，多当时派遣移来的戍卒屯丁，此外则有江西人在此卖布，福建人在此卖烟，广东人在此卖药。地方由少数读书人与多数军官，在政治上与婚姻上两面的结合，产生一个上层阶级，这阶级一方面用一种保守稳健的政策，长时期管理政治，一方面支配了大部分属于私有的土地；而这阶级的来源，却又仍然出于当年的戍卒屯丁。地方城外山坡上产桐树杉树，矿坑中有朱砂水银，松林里生菌子，山洞中多硝。城乡全不缺少勇敢忠诚适于理想的兵士，与温柔耐劳适于家庭的妇人。在军校阶级厨房中，出异常可口的菜饭；在伐树砍柴人口中，出热情优美的歌声。

地方东南四十里接近大河，一道河流肥沃了平衍的两岸，多米，多橘柚。西北二十里后，即已渐入高原，近抵苗乡，万山重叠。大小重叠的山中，大杉树以长年深绿逼人的颜色，蔓延各处。一道小河从高山绝涧中流出，汇集了万山细流，沿了两岸有杉树林的河沟奔驶而过，农民各就河边编缚竹子作成水车，引河中流水，灌溉高处的山田。河水长年清澈，其中多鳜鱼，鲫鱼，鲤鱼，大的比人脚板还大。河岸上那些人家里，常常可以见到白脸长身见人善作媚笑的女子。小河水流坏绕"镇筸"北城下驶，到一百七十里后方汇入辰河，直抵洞庭。

这地方又名凤凰厅，到民国后便改成了县治，名凤凰县。辛亥革命后，湘西镇守使与辰沅道皆驻节在此地。地方居民不过五六千，驻防各处的正规兵士却有七千。由于环境的不同，直到现在其地绿营兵役制度尚保存不废，为中国绿营军制唯一残留之物。

我就生长到这样一个小城里，将近十五岁时方离开。出门两年半回过那小城一次以后，直到现在为止，那城门我还不曾进去过。但那地方我是熟悉的。现在还有许多人生活在那城市里，我却常常生活在那个小城过去给我的印象里。

疲马恋旧秣，羁禽思故栖

梁实秋

"疲马恋旧秣，羁禽思故栖"是孟郊的句子，人与疲马羁禽无异，高飞远走，疲于津梁，不免怀念自己的旧家园。

我的老家在北平，是距今一百几十年前由我祖父所置的一所房子。坐落在东城相当热闹的地区，出胡同东口往北是东四牌楼，出胡同西口是南小街子。东四牌楼是四条大街的交叉口，所以商店林立，市容要比西城的西四牌楼繁盛得多。牌楼根儿底下靠右边有一家干果子铺，是我家投资开设的，领东的掌柜的姓任，山西人，父亲常在晚间带着我们几个孩子溜达着到那里小憩，掌柜的经常飨我们以汽水，用玻璃球做塞子的那种小瓶汽水，仰着脖子对着瓶口汩汩而饮之，还有从蜜饯缸里抓出来的蜜饯桃脯的一条条的皮子，当时我认为那是一大享受。南小街子可是又脏又臭又泥泞的一条路，我小时候每天必需走一段南小街去上学，时常在羊肉床子看宰羊，在切面铺买"乾蹦儿"或糖火烧吃。胡同东口外斜对面就是灯市口，是较宽敞的一条街，在那里有当时惟一可以买到英文教科书《汉英初阶》及墨水钢笔的汉英图书馆，以后又添了一家郭纪云，路南还有一家小有名气的专卖卤虾小菜臭豆腐的店。往南走约十五分钟进金鱼胡同便是东安市场了。

我的家是一所不大不小的房子。地基比街道高得多，门前有四层石台阶，情形很突出，人称"高台阶"。原来门前还有左右分列的上马石凳，因妨碍交通而拆除了。门不大，黑漆红心，浮刻黑字"忠厚传家久，诗书继世长"，门框旁边木牌刻着"积善堂梁"四个字，那时人家常有堂号，例如三槐堂王、百忍堂张，等等，积善堂梁出自何典我不知道。积善之家必有余庆，语见易经，总是勉人为善的好话，作为我们的堂号亦颇不恶。打开大门，里面是一间门洞，左右分列两条懒凳，从前大门在白昼是永远敞着的，谁都可以进来歇歇脚。一九一一年兵变之后才把大门关上，进了大门迎面是两块金砖镂刻的"戬穀"两个大字，戬穀一语出自诗经"俾尔戬穀"，戬是福，穀是禄，取其吉祥之义。前面放着一大缸水葱（正名为莞，音冠），除了水冷成冰的时候总是绿油油的，长得非常旺盛。

向左转进四扇屏门，是前院，坐北朝南三间正房，中间一间辟为过厅，左右两间一为书房一为佛堂。辛亥革命前两年，我的祖父去世，佛堂取消，因为我父亲一向不喜求神拜佛，这间房子成了我的卧室，那间书房属于我的父亲，他镇日价在里面摩挲他的那些有关金石小学的书籍，前院的南边是临街的一排房，作为佣人的居室。前院的西边又是四扇屏门，里面是西跨院，两间北房由塾师居住，两间南房堆置书籍，后来改成了我的书房，小跨院种了四棵紫丁香，高逾墙外，春暖花开时满院芬芳。

走进过厅，出去又是一个院子，迎面是一个垂花门，门旁有四大盆石榴树，花开似火，结实大而且多，院里又有几棵梨树，后来砍伐改种四棵西府海棠，院子东头是厨房，绕过去一个月亮门通往东院，有一棵高庄柿子树，一棵黑枣树，年年收获累累，此外还有紫荆，榆叶梅，等等，我记得这个东院主要用途是摇煤球，年年秋后就要张罗摇煤球。要敷一冬天的使用，煤黑子把煤渣与黄土和在一起，加水，和成稀泥，平铺在地面，用铲子剁成小方粒，放在大簸箩里像滚元宵似的滚成圆球，然后摊在地上晒，这份手艺真不简单，我儿时常在一旁参观十分欣赏，如遇天雨，还要急速动员抢救，否则化为一汪黑水全被冲走了。在那厨房里我是不受欢迎的，厨师嫌我们碍手碍脚，拉面的时候总是塞给我一团面教我走得远远的，我就玩那一团面，直玩到那团面像是一颗煤球为止。

进了垂花门便是内院，院当中是一个大鱼缸，一度养着金鱼，缸中还矗立着一座小型假山，山上有桥梁房舍之类，后来不知怎么水也涸了，假山也不见了，干脆作为堆置煤灰煤渣之处，一个鱼缸也有它的沧桑！东西厢房到夏天晒得厉害，虽有前廊也无济于事，幸有宽幅一丈以上的帐篷三块每天及时支起，略可遮抗骄阳，祖父逝后，内院建筑了固定的铅铁棚，棚中心设置了两扇活动的天窗，至是"天棚鱼缸石榴树……"乃初具规模，民元之际，家里的环境突然维新，一日之内小辫子剪掉了好几根，而且装上了庞然巨物钉在墙上的"德律风"，号码是六八六，照明的工具原来都是油灯，猪蜡，只有我父亲看书时才能点白光熠熠的僧帽牌的洋蜡，煤油灯认为危险，一向抵制不用，至是里里外外装上了电灯，大放光明，还有两架电扇，西门子制造的，经常不准孩子们走近五尺距离以内，生怕削断了我们的手指。

内院上房三间，左右各有套间两间，祖父在的时候，他坐在炕上，隔着玻璃窗子外望，我们在院里跑都不敢跑，有一次我们几个孩子听见胡同里有"打糖锣儿的"的声音，一时忘形，蜂拥而出，祖父大吼："跑什么？留神门牙！"打糖锣儿的乃是卖糖果的小贩，除了糖果之外兼卖廉价玩具。泥捏的小人，蜡烛台，小风筝、摔炮，花样很多，我母亲一律称之为"土筐货"。我们买了一些东西回来，祖父还坐在那里，唤我们进去。上房是我们非经呼唤不能进去的，而且是一经呼唤便非进去不可的，我们战战兢兢的鱼贯而入，他指着我问："你手里拿着什么？"我说："糖。""什么糖？"我递出了手指粗细的两根，一支黑的，一支白的。我解释说："这黑的，我们取名为狗屎橛；这白的为猫屎橛。"实则那黑的是杏干做的，白的是柿霜糖，祖父笑着接过去，一支咬一口尝尝，连说："不错，不错。"他要我们下次买的时候也给他买两支，我们奉了圣旨，下次听到糖锣儿一响，一涌而出，站在院子里大叫："爷爷，你吃猫屎橛，还是吃狗屎橛？"爷爷会立即答腔：

"我吃猫屎橛！"这是我所记得的与祖父建立密切关系的开始。

父母带着我们孩子往西厢房，我同胞一共十一个，我记事的时候已经有四个，姊妹兄弟四个孩子睡一个大炕，好热闹，尤其是到了冬天，白天玩不够，夜晚钻进被窝齐头睡在炕上还是吱吱喳喳笑话不休，母亲走过来巡视，把每个孩子脖梗子后面的棉被塞紧，使不透风，我感觉得异常的舒适温暖，便怡然入睡了。我活到如今，夜晚睡时脖梗子后面透凉气，便想到母亲当年那一份爱抚的可贵。母亲打发我们睡后还有她的工作，她需要去伺候公婆的茶水点心，直到午夜，她要黎明即起，张罗我们梳洗，她很少睡觉的时间。可是等到"多年的媳妇熬成婆"，这情形又周而复始，于是女性惨矣！

大家庭的膳食是有严格规律的，祖父母吃小锅饭，父母和孩子吃普通饭，男女仆人吃大锅饭，只有吃煮饽饽吃热汤面是例外。我们北方人，饭桌上没有鱼虾，烩虾仁、溜鱼片是馆子里的菜，只有春夏之交黄鱼、大头鱼相继进入旺季，全家才能大快朵颐，每人可以分到一整尾。秋风起，要吃一两回铛爆羊肉，牛肉是永远不进家门的，院子里升起一大红泥火炉的熊熊炭火，有时也用柴，噼噼啪啪的响，铛上肉香四溢，颇为别致。秋高蟹肥，当然也少不了几回持螯把酒，平时吃的饭是标准的家常饭，到了特别的吉庆之日，看祖父母的高兴，说不定就有整只烤猪或是烧鸭之类的犒劳。祖父母的小锅饭也没有什么了不起，也不过是爆羊肉、烧茄子、焖扁豆之类，不过是细切细做而已。我记得祖父母进膳时，有时看到我们在院里拍皮球便喊我们进去，教我们张开嘴巴，用筷子夹起半肥半瘦的羊肉片往嘴里塞，我们实在不欣赏肥肉，闭着嘴跑到外面就吐出来，祖父有时候吃得高兴，便教"跑上房的"小厮把厨子唤来，隔着窗子对他说："你今天的爆羊肉做得好，赏钱两吊！"厨子在院中慌忙屈腿请安，连声谢谢，我觉得很好笑。我祖母天天要吃燕窝，夜晚由老张妈带上老花眼镜坐在门旮旯儿弓着腰驼着背摘燕窝上的细茸毛，好可怜，一清早放在一个薄铫儿里在小炉子上煨。官燕木盒子是我们的，黑漆金饰，很好玩。

我母亲从来不下厨房，可是经我父亲特烦，并且亲自买回鱼鲜笋蕈之类。母亲亲操刀砧，做出来的菜硬是不同。我十四岁进了清华学校，每星期只准回家一次，除去途中往返，在家只有一顿午饭从容的时间，母亲怜爱我，总是亲自给我特备一道菜，她知道我爱吃什么，时常是一大盘肉丝韭黄如冬笋木耳丝，临起锅加一大勺花雕酒，——菜的香，母的爱，现在回忆起来不禁涎欲滴而泪欲垂！

我生在西厢房，长在西厢房，回忆儿时生活大半在西厢房的那个大炕上。炕上有个被窝垛，由被褥堆垛起来的，十床八床被褥可以堆得很高，我们爬上爬下以为戏，直到把被窝垛压到连人带被一齐滚落下来然后已。炕上有个炕桌，那是我们启蒙时写读的所在。我同哥姐四个人，盘腿落脚的坐在炕上，或是把腿伸到桌底下，夜晚靠一盏油灯，三根灯草，描红模子，写大字，或是朗诵"一老人，入市中，买鱼两尾，步行回家"。我会满怀疑虑的问父亲："为什么他买鱼两尾就不许他回家？"惹得一家大笑。有一回我们围着炕桌夜读，我两腿清酸，一时忘形把膝头一拱，哗啦啦一声炕桌滑落地上，油灯墨盒泼洒得一塌糊涂。母亲有时督促我们用功，不准我们淘气，手里握着苕帚疙瘩或是掸子把儿，作威吓状，可是从来没有实行过体罚。这西厢房就是我的窝，夙兴夜寐，没有一个地方比这个窝更为舒适。虽然前面有廊檐而后面无窗，上支下摘的旧式房屋就是这样的通风欠佳。我从小就是喜欢早起早睡，祖父生日有时叫一台"托偶戏"在院中上演，有时候是滦州影戏，唱的无非是什么盘丝洞、走鼓沾棉、三娘教子、武家坡之类，大锣大鼓，尖声细嗓，我吃不消，我依然是按时回房睡觉，大家目我为落落寡合的怪物。可是影戏里有一个角色我至今不忘，那就是每出戏完毕之后上来叩谢赏钱的那个小丑，满身袍褂靴帽而脑后翘着一根小辫，跪下来磕三个响头，有人用惊堂木配合着用力敲三下，砰砰砰，清脆可听，我所以对这个角色发生兴趣，是因为他滑稽，同时代表那种只为贪图一吊两吊的小利就不惜卑躬屈节向人磕头的奴才相。这种奴才相在人间世里到处皆是。

小时过年固然热闹，快意之事也不太多。除夕满院子洒上芝麻秸，踩上去喀吱喀吱响，一乐也；宫灯、纱灯、牛角灯全部出笼，而孩子们也奉准每人提一只纸糊的"气死风"，二乐也；大开赌戒，可以掷状元红，呼卢喝雉，难得放肆，三乐也。但是在另一方面：年菜年年如是，大量制造，等于是天天吃剩菜，几顿煮饽饽吃得人倒尽胃口。杂拌儿么，不管粗细，都少不了尘埃细沙杂拌其间，吃到嘴里牙碜。撤供下来的密供也是罩上了薄薄一层香灰。压岁钱则一律塞进"扑满"，永远没满过，也永远没扑过，后来不知到哪里去了。天寒地冻，无处可玩，街上店铺家家闭户，里面不成腔调的锣鼓点儿此起彼落。厂甸儿能挤死人，为了"喝豆汁儿，就咸菜儿，琉璃喇叭大沙雁儿"，真犯不着，过年最使人窝心的事莫过于挨门去给长辈拜年，其中颇有些位只是年龄比我长些，最可恼的是有时候主人并不挡驾而教你进入厅堂朝上磕头，从门帘后面蓦的钻出一个不三不四的老妈妈："哟，瞧这家的哥儿长得可出息啦！"辛亥革命以后我们家里不再有这些繁文缛节。

还有一个后院，四四方方的，相当宽绰。正中央有一棵两人合抱的大榆树。后边有榆（余）取其吉利。凡事要留有余，不可尽，是我们民族特性之一。这棵榆树不但高大而且枝干繁茂，其圆如盖，遮满了整个院子。但是不可以坐在下面乘凉，因为上面有无数的红毛绿毛的毛虫，不时的落下来，咕咕嚷嚷的惹人嫌。榆树下面有一个葡萄架，近根处埋一两只死猫，年年葡萄丰收，长长的马乳葡萄。此外靠边还有香椿一、花椒一、嘎嘎儿枣一。每逢春暮，榆树开花结荚，名为榆钱。榆荚纷纷落下时，谓之"榆荚雨"（见《荆楚岁时记》）。施肩吾咏榆荚诗："风吹榆钱落如雨，绕林绕屋来不住。"我们北方人生活清苦，遇到榆荚成雨时就要吃一顿榆钱糕。名为糕，实则捡榆钱洗净，和以小米面或棒子面，上锅蒸熟，舀取碗内，加酱油醋麻油及切成段的葱白葱叶而食之。我家每做榆钱糕成，全家上下聚在院里，站在阶前分而食之。比《帝京景物略》所说"四月榆初钱，面和糖蒸食之"，还要简省。仆人吃过一碗两碗之后，照例要请安道谢而退。我的大哥有一次不知怎的心血来潮，吃完之后也走到祖母跟前，屈下一条腿深深请了个安，并且说了一声"谢谢您！"祖母勃然大怒，"好哇！你把我当做什么人？……"气得几乎晕厥过去。父亲迫于形势，只好使用家法了。

从墙上取下一根藤马鞭，高高举起，轻轻落下，一五一十的打在我哥哥的屁股上，我本想跟进请安道谢，幸而免，吓得半死，从此我见了榆钱就恶心，对于无理的专制与压迫在幼小时就有了认识。后院东边有个小院，北房三间，南房一间，其间有一口井。井水是苦的，只可汲来洗衣洗菜，但是另有妙用，夏季把西瓜系下去，隔夜取出，透心凉。

想起这栋旧家宅，顺便想起若干儿时事。如今隔了半个多世纪，房子一定是面目全非了，其实人也不复是当年的模样，纵使我能回去，探视旧居，恐怕我将认不得房子，而房子恐怕也认不得我了。

中秋节

胡也频

离开我的故乡，到现在，已是足足的七个年头了。在我十四岁
至十八岁这四年里面，是安安静静地过着平稳的学校生活，故每年
一放暑假，便由天津而上海，而马江，回到家里去了。及到最近的
这三年，时间是系在我的脚跟，飘泊去，又飘泊来，总是在渺茫的
生活里寻觅着理想，不但没有重览故乡的景物，便是弟妹们昔日的
形容，在记忆里也不甚清白了；象那不可再得的童时的情趣，更消
失尽了！然而既往的梦却终难磨灭，故有时在孤寂的凄清的夜里，

受了某种景物的暗示，曾常常想到故乡，及故乡的一切。

因为印象的关系，当我想起故乡的时候，最使我觉得快乐而惆怅的便是中秋节了。

在闽侯县的风俗，象这个中秋节，算是小孩子们一年最快乐里的日子。差不多较不贫穷的家里，一到了八月初九，至迟也不过初十这一天，在大堂或客厅里，便用了桌子或木板搭成梯子似的那阶级，一层一层的铺着极美观的毯子，上面排满着磁的，瓦的，泥的许多许多关于中国历史上和传说里面的人物，以及细巧精致的古董，玩具，——这种的名称就叫做"排塔"。

说到塔，我又记起十年前的事了：那一年，在许多表姊妹表兄弟的家里，都没有我的那个塔高，大，和美了。这个塔，是我的外祖母买给我们的，她是定做下来，所以别人临时都买不到；因此，这一个的中秋节，许多表姊妹兄弟都到我家里来，其中尤其是蒂表妹喜欢得厉害，她老是用她那一双圆圆清澈的眼睛，瞧着塔上那个红葫芦，现着不尽羡慕和爱惜的意思。

"老看干么？只是一个葫芦！"我的蓉弟是被大人们认为十五分淘气的，他看见蒂表妹那样呆呆地瞧着，便这样说。

"我家里也有呢！"她做不出屑的神气。

"你家里的没有这个大，高，美！"

"还我栗子！都不同你好了！"蒂表妹觉得自己的塔确是没有这个好，便由羞成怒了。

"在肚子里，你能拿去么？"蓉弟歪着头撇嘴说，"不同我好？你也还我'搬不倒'！"

于是这两个人便拌起嘴来了。

母亲因为表姊妹表兄弟聚在一起，年龄又都是在十岁左右，恐怕他们闹事，故常常关心着。这时，她听见蓉弟和蒂表妹争执，便自己跑出来，解分了，但蒂表妹却依在母亲身旁，默默地哭着。

"舅妈明年也照样买一个给你，"母亲安慰她。

"还要大！"蒂表妹打断母亲的话，说着，便眼泪盈盈地笑了。我因为一心只想到北后街黄伯伯家里去看鳌山，对于这个家里的塔很是淡漠，所以说："你如喜欢你就拿去好了，蒂妹！"她惊喜地望我笑着。

"是你一个人的么！"然而蓉弟又不平了，"是大家的，想一个做人情，行么？吓！"

"行！"我用哥哥的口气想压住他。

"不行！"他反抗着。

母亲又为难了，她说：

"得啦！过节拌嘴要不得。我们赶快预备看鳌山去吧。"

"看鳌山？"蓉弟似乎很喜欢，把拌嘴的事情都忘却了。"大家都去么？"他接着问。

"拌嘴的不准去。"

"我只是逗你玩的，谁和谁拌嘴？"蓉弟赶紧去拉蒂表妹的手。

"不同你好！"她还生气着。

"同我好么？"我问。

她没有答应，便走过来，于是我们牵着手，到我的小书房里面去了。

在表姊妹中，我曾用我的眼光去细细地评判，得到以下的结论：黎表姊太老实，古板，没有趣味；芝表姊太滑头，喜欢愚弄人，不真挚；梅表妹什么都好了，可惜头上长满癞疮；辉表妹真活泼，娇憨，美丽，但年纪太小，合不来！只有蒂表妹……我没有什么可说了。

这时候我和她牵着手到书房里，而且又在母亲和蓉弟面前得她默默地承认同我好，心里更充满着荣幸的愉快了。我拿出许多私有的食品给她，要她吃，并送她几张关于耶稣的画片。末了还应许她到西湖去，住在她家里。她说："你同我好是真的么？萱哥！"

"骗你就是癞狗！"

"怕舅舅和舅妈不准你去我家里吧？"

"那不要紧！你说是姑妈要，还怕什么？"

"那末你读书呢？"

"念书？"这可使我踌躇了。因为那个举人先生，讨嫌极了，一天到晚都不准我离开桌子，限定背三本《幼学琼林》《唐诗》《左传句解》，和念一本《告子》注，以及做一篇一百字的文章，默写一篇四百字的小楷，模激一张四方格的大字，真使我连吃饭和上厕的时候都诅他；然而他依样康健，依样用两寸多长的指甲抓他的脚，头，耳朵，和哭丧着脸哑哑地哼着"落霞与孤鹜齐飞，秋水共长天一色！"……

有时瞌睡来了，便因了一根纸捻放到鼻孔里旋转着，打着

"汽，汽"的喷嚏，将鼻涕溅散到桌子上，又拍一下板子说：

"念呀……"

他的脸……

"你怎么不说话呢？"蒂表妹突然推一下我的手腕，说。

"念书可就不好办了！"我皱着眉头。

"不管他——鬼先生——不成么？"

"不成。"

我们于是都沉默着。

经过了半点多钟，表姊妹表兄弟们便跑进来了，嘻嘻哈哈地，现着极快乐的样子。

"我们马上就看鳌山去了！"宾表哥说。

"你不去么？蒂妹！"黎表姊接着问。

"我不想去了。"蒂表妹没有说什么，我便答道："你们去好了。"

"又不是问你！"蓉弟带着不平讽刺的意思。

"不准你说话！"我真有点生气了。

幸得母亲这时候走进来，她似乎还不曾听见我和蓉弟的争执，只问我：

"萱儿！你在这里做什么？"

我摇一下头，表示没有做什么事。

母亲便接着说：

"看鳌山去吧。"

"我不去。"

“为什么呢？”

“不为什么。”

“那么，”母亲向着蒂表妹说，“你去吧。”

“我也不去。”蒂表妹回答。

“也好。你们好好地玩，不要拌嘴。”

于是母亲领着表姊妹表兄弟们走了。

看鳌山，这是我在许多日以前便深深地记在心上的事，但现在既到了可看的时候，又不想去，自然是因为蒂表妹的缘故了。

“你真的不想去看鳌山么？”母亲们都走去很久了，她又问。

“同你好，还看鳌山好么？”

她笑了。

天色虽是到了薄暮时候，乌鸦和燕子一群群地旋飞着，阳光无力的照在树抄，房子里面很暗淡了，但我隔着书桌看着她的笑脸，却是非常的明媚，艳冶，海棠似的。

“只是蒂表妹……我没有什么可说了。”我又默默地想着在表姊妹们里所得的结论。我便走近她身边去，将我的手给她。

“做什么呢？”她看见我的手伸过去，便说。

“给你。”

“给我做什么呢？”她又问。

“给你就是了。”我的手便放在她的手上。

“你真的同我好呀！”她低声地说。

“谁说不是？”

“也学舅舅同舅妈那样的好么？”

"是吧？"我有点犹豫着。

"舅舅同舅妈全不拌嘴，这是妈告诉我的。"

"我们也全不拌嘴。"我接着说。

"这样就是舅舅同舅妈那样的好了。"

"那你还得给我亲嘴。"

"亲嘴做什么呢？"

"你不是说我们象舅舅同舅妈那样的好么？舅妈常常给舅舅亲嘴的，我在白天和夜里都瞧见。"

"是真的么？"

"骗你就算是癞狗！"

"那……那你就……"

她斜过脸来，嘴唇便轻轻地吻上了。

明透了的月亮，照在庭院里，将花架旁边的竹林，疏疏稀稀地映到玻璃窗上，有时因微风流荡过去，竹影还摇动着。我和蒂表妹默默地挨着，低声低声地说着端午节的龙舟，西湖的彩船，和重九登高放纸鸢，以及赌纸虾蟆，踢毽子……说到高兴了，便都愿意的，又轻轻地亲一下嘴。

"你看！那是两个还是一个？"当我们的脸儿偎着，她指那窗上的影儿，说。

"两个。"我仰起头去，回答她。

"是一个。"她又把我的脸儿偎近去。

"真是一个！"这时我的头不仰起去了。

"好玩！……"她快乐极了，将我的脸儿偎得紧紧地，眼睛斜睁着窗上。

我们这样有意思的玩着，大约只有一点多钟，母亲和表姊妹表兄弟们都回来了。

蓉弟便自夸奖地在我和蒂表妹面前说：

"鳌山真好，好极了！龙吐水，还有……还有……吓！龙吐水！"

黎表姊也快乐地说：

"种田的，挖菜的，踏水车的，……全是活动的，真好看！"

"你喜欢看鳌山么？"我偷偷地问蒂表妹。

她摇一下头，又撇一下嘴；便也低声地问我："你呢？"

"我也不。"

不久，我们都到大天井里，吃水果，月饼，喝葡萄酒，并赏月去了。

母亲伴着我们这一群小孩子玩着，猜谜的猜谜。唱歌的唱歌；其中只有蓉弟最贪吃，而且喝了三四杯酒，脸儿通红了，眼睛呆呆地看人，一忽儿他便醉了，哭着。

"醉得好！"我和蒂表妹同样的快乐着。

这样的到露水很浓重的时候，母亲才打发我们睡去。因为，我的身体虚弱，虽是年纪已到十岁了，却还常常尿床，所以我的乳妈（其实早就没有吃她的乳了）固执的不要我和蒂表妹在客厅里睡，把我拖到她的房子里去了。

"老狗子！"我恨恨地骂我的乳妈。

"好好地睡吧。不久天就会亮了，再玩去。"

"可恶的老狗子。"我想着，便朦胧了。

第二天我醒来后，跑至客厅里一看，蒂表妹和其他的表姊妹表兄弟们通通回家去了。……

真的，自那一年到现在，转瞬般已是十年的时间了，我从没有再过个象那样的中秋节，并且最近这三个中秋节还是在我不知月日的生活里悄悄地渡过去。表兄弟们呢，早就为了人类间的壁垒，隔绝着；表姊中有的已做过母亲了，但表妹们总该有女孩子的吧。惟愿她们不象我这样的已走到秋天的路上！至于那个塔，是否还安放在楼上的木箱里，每年在八月初旬由小弟妹们拿出排在大堂上最高的层级上，也不可知了。送这个塔给我们的外祖母还康健着么？故乡的一切却真是值得眷念的事！

桃园

施蛰存

　　回到家乡，正是黄桃大熟的时候。只因为出门得实在太久了，所以一向竟忘记了这种家乡特产。哦，感谢天！幸而我始终没有忘掉了四腮鲈，每当一个外乡人问讯起我的籍贯来的时候，总算还可以举出一样惊人的土宜来夸张一番。但是，如果黄桃有知。似乎也不能就抱怨我，因为谁叫它产量这样地少，（读者对于这句话可千万别误会了，要知这四腮鲈的产量也稀少得惊人！）又谁叫它这样地不典？（松江之鲈，毕竟是靠了苏东坡游了一趟赤壁而传名的。)

车没有进站，我就瞥眼看见了一个逼近铁道的桃园。硕大的赭黄色的桃实累累然。于是才唤醒了我对于这种嘉果的记忆。从前在小学校读书的时候，每星期日下午到城外望江楼茶馆门前买桃子吃的情景，忽然如巨潮一般涌上来了。

到了家中，除了老的老了些，小的长大了些之外，其余全没有什么改变。客厅中还是挂着董叔平的画和翁松禅的字，那个乾隆窑的花瓶还照样供在书桌上。一切都还是和我离家的时候一样。甚至厨房里碗橱中叠着的许多积满了灰尘的破碗也还照旧静静地稳占着一角，这使我对于离家了五六年的事实根本怀疑起来了。五六年间的人生经验，本来已经使我从少年而入于壮年，这时也好像骤然崩溃了它的势力，而使我复返于从前童心未泯的时代了。

休息两天之后，因为问起黄桃，弟妹们就说南城根有一个很大的桃园，桃实正繁，只要每人给两个小银币，就可以在园里尽量拣好的摘下来吃，无论你吃多少，只是一枚都不准带出来。听了这样的话，很感觉到遗留在内地的古风之可爱，我对于这个桃园，虽则没有去过，虽则不知那里的桃子滋味如何，但确已完全中意了。

趁着天气清和，我便由季弟引导着去访那所说的桃园。那里离我家并不很远，我们走十分钟就到了。看了它一带很长的围墙，我立刻便估量出这园子的广袤绝不会在十亩之下的。我们走进了那扇编竹的狭狭的园门，便踏上了一条砖砌的小径。这小径把园子分作左右两部分。在小径的尽头处，是一座三开间的小屋。一个小女孩

218

子正从屋里出来。她看见了我们，便呈现着询问我们来做什么或等待我们先说话似的神情站住了。

"我们来吃桃子的。"

我的季弟这样对她说了，便掏出两个小银币来给了她。她接了银币，仔细地审察了一回，放在牙齿间咬了一下，又俯下身去，在砖块上丢了一下，于是藏进了衣袋中，管自己走出去了。

我目送她出园门去，心中充满了惊异，她难道以为不必留心我们一下吗？静寂的屋内，还有人在着吗？难道她以为我们一定不至于进去偷窃什么东西吗？这样的人与人之间的淳朴的信任，真是只有内地的小城市中才可以看得到，而我是久已忘记了世界上还有着这种好的德行呢。

满园子种植着的全是桃树，树底下有许多鸡正在安静地啄食。我们一步一步地留心着脚下的鸡粪和妨碍的枝柯，渐渐地走入了桃林深处。很大的，成熟了的桃实在我们头上散发着惑人的香气，于是我们的食指大动了。我跟季弟拣一个酥软的桃子摘下来吃着，唯一的在旁边监视我们的是惊鸟用的稻草人。

当我撕着第七枚桃子的表皮的时候，我从树隙间看见有一个戴着破草帽的农人装束的男子走进园来，沿着那砖砌的小径，一直走向屋子去。但他忽然回过头来，好像已经看见了我们似的，折向我们来了。他一定是这桃园的主人，我们只给了二枚小银币，而在这里恣意地啖着他所辛苦栽培起来的桃子，况且我们所啖的又远过于他在市上所可以售得的价值，这样想着，我不觉感到了些惭愧。同时，我又有了"我们也许已经铸成了个错误"的感觉。我们所应当付纳的一定不止两枚小银币吧？或者这里一定有个限制，我们是只有吃一定数目的桃子的权利吧？三枚呢？抑是四枚？但我确已尽了六枚硕大的桃子了。那个女孩子一定还没有懂得小银币的价值，我们欺骗她了。倏忽之间，这样奇妙的顾虑完全祛除了我对于那个正在走近过来的种园人平视的勇气，我低下了头，并且略微向左方侧立着，装做没有觉得的样子，管自己撕桃实的皮。

但我弟弟却已经看见他了。他招呼着："来，替我拣一只好的，刚才吃了一只全是蛀的。"于是他走到了我面前，嘴里答应着，仰起了头向树上垂着的桃实看看一刻儿，好像很有经验似地用着可以担保的神奇摘下了两个大桃子。

"少爷，吃这个吧。这个好。"

一只巨大的，有劲的手掌里满托着一个金黄色的桃子伸在我眼前。这给我了一个被迫得非与他打个照面不可的机会。然而这个机会大大地使我惊愕了。

"哎哟！是你吗，卢……卢……？"

当我认出了他就是我中小学时代的同学卢君的时候，我不禁喊起来了。但是我可忘记了他的名字。同时，他也认得了我，他黧黑的脸上展了笑容。他点着头，自己报了名字：

"卢世贻。"

他是从小学一年级到中学二年级一直和我同学的老朋友。他很用功读书，在每一次考试中，我总努力着和他竞争，但能够胜他的时候却极少。他父亲是做鞋匠的。我很记得从前在小学读书时代，每天总看见他父亲在旧府衙门外歇着担子，穿针拉线地给人家布鞋子或上鞋底。他父亲很喜爱他，每天散学后，他总到他父亲那儿去收取三个铜子买点心吃，吃了点心就到我家里来玩。但我的母亲却从没有许我到他家里去过，就为了他父亲是做鞋匠的缘故。虽然他曾屡次邀我去，但我都托辞拒绝了，这是现在想起来也有些疚心的。在小学里的时候，一半是为了嫉妒他功课好，一半是故意要侮辱他，同学们都叫他"小皮匠"。后来升进了中学，那一年他父亲就死了。他母亲在自家小园地里种些蔬菜，每天到市集上去卖。于是同学们都常常在走过他身边地时候，高叫着："卖青菜！卖白菜！"这时，他虽然仍旧不以为意，但毕竟童心渐逝，免不得有些脸红了。修毕了中学二年级的学科，在第三年级开始的时候，我们才知道他辍学了。每当有人问起卢世贻为什么不读书了的时候，有几个刻薄的学生便会说：

"读得起吗？卖菜的儿子！"

我对于出身富贵之家的同学的仇视，就是在那时候养成的。在知道了他辍学的消息之后三四个星期间，我曾发痴似地替他胡思乱想过。我尝因为听了先生讲承宫牧豕而求学的故事而大大地有所感触，我以为他就是承宫，他一定会得成为一个有学问的人的。但是现在不幸而辍学了，那么他将怎样呢？他将遇到怎样一个机会再继续他的学业呢？甚至连到为什么读书一定要缴费，为什么穷人享不到读书的权利，这种种问题全想到了。但结果只是激于我天赋的一种感伤的情绪，为他暗暗地哭了几次。以后，虽然不很准确地听见过几次说他在某处做书记，在某小学校做教师，甚至说是他在帮着母亲卖菜，但始终没有再看见他一次过。

在这样的情形之下看见他，谁能想象得到我有何等样的感觉呢？当他自己通了名字之后，他刚才称呼我"少爷"那个声音又奇妙在我耳朵里鸣响着了。有人听见过自己的朋友叫你"少爷"的吗？我混合着惊异，羞愧，以及一种成年人的卑鄙心理——憎厌。是的，我承认，在惊异和羞愧的感情次第亢奋了以后，当清楚地意识到了站在我面前的种园人是我的同学的时候，我至少的确有过一点觉得这是丢脸的事似的憎厌。我凝住着嘴一时说不出什么话来。但他却仍然微笑着，（从他的笑容里我还看得出他幼小时的神气来。）抛弄着手里的桃子道：

"我们好久不见了。"

"哦，好久了。有十多年了吧？"

"现在在哪里做事情？"

"我吗？总算在青岛混饭吃。但是你……你几时起种这个园子的，一向没有听见说起啊。"我忍不住这样地问他了。

"我做这个生意已经四五年了。"

"但是你为什么不做别的行业呢？从前不是说曾经在什么地方做书记么？"

听了这样的问话，这个精壮的种园人呈现了讽刺的笑脸说道：

"难道你以为我这个行业不好吗？你难道不觉得这正是最适宜于我的行业吗？我的父亲是鞋匠，母亲是卖菜的，你难道忘记了吗？来，到屋子里去请坐吧，这里站着不吃力吗？"

说着，他随手又摘了几个桃子，露着延请和催促的眼光，和我们一同走进了小屋。这是一座很简单的三开间的平屋，正中一间是起居室，两旁的两间大约都是寝室了。起居室是分作前后两间的，在后间里，我们可以看见行灶和碗厨之类的庖具，墙壁都给烟熏黑了。他掇了一只条凳，请我们坐下了，从那庞大的紫砂壶中给斟了一碗茶。又在屋角上取出一根长长的旱烟杆和一盒旱烟递给我，但经我固执地逊谢了之后，他燃起一个火来自己吸了。

我努力想从他的身体、精神和行动里寻出一些不像一个种园人的地方来，但终竟失败了。甚至看了他的吸旱烟的神气，也使我完全忘记了他曾经是一个受中学教育的智识阶级者。

"你不是曾经做过书记吗？"我问。

"是的，我脱离了学校生活之后，曾经在乡下一所高等小学校里当书记。"

"那不是很好吗？为什么不干了呢？"

"哦，你问我为什么不干了，是不是？那就是因为我父亲是个鞋匠，而母亲是个卖菜的。"

"这话怎么讲？"我不觉惊愕了。

"这个很容易懂。人家都瞧我不起。当我进去的时候，原说每月薪水是十二元，但是到发薪的时候，却变作八元了。后来才知道人家因为我年纪轻，而且因为我父母的职业又不高尚，所以减了四元。这个且不必说，横竖拿八元一个月，我已经是很满意了。我在那里每天写蜡纸的讲义和一切教务上的表格，已经是很忙了，后来过了几个月，恰值一个管敲钟的校役辞职了，校长和庶务主人一商量，竟来叫我兼管敲钟的职司了。咄！你想，我还能再忍耐下去吗？所以我就立即辞职了。"

"哦！"

听了他这样说，虽则心中并不是没有什么感动，但一时实在也没有话好说。我便漫应了一下，但随即就有了想问他"以后怎样呢"的主意：

"那么，辞职了之后，又曾经做了些什么呢？"

"在家里，住了半年。后来因为从前高等小学校里的恩师朱老先生的介绍，便在市立第三初等小学里当教员了。"

"哦，在小学教育界里服务，那也很好。"

"是的，我当初也以为很好。虽然一样拿了八元一月的薪水，但这个职位比书记好多了。书记是给人家做手臂的，而教师是独立的。所以我在初就职的时候，的确觉得很愉快。但后来，渐渐地觉得那小学校里仅有的两个同事都对我非常客气，是的，你懂不懂，那简直就是冷淡！一个同事是一家式微了的旧家的后裔，祖上虽然做过官，有过钱，但现在却早已产业荡然，只剩了一个疯瘫在床上的老母，他们母子俩的生活，就靠了这唯一的十块钱束修。还有一个同事的祖上都是读了一世书连秀才都不中的书呆子。他父亲现在还在乡下设着蒙馆教几本《三字经》。这两位同事一个是自命为公子哥儿，一个是常常夸说着他家的书香门第；大约我去和他们做同事，实在是十分侮辱他们的。所以他们一味的对我很客气，一点不让我熟识上去。此外，连得那些天真的小学生们，也渐渐有许多顽皮的常常在我预备室的窗外有意无意地叫着'小皮匠''卖菜的儿子'这种话了。虽然我自己不以为这是侮辱，但看着他们这种态度，多少总有点不舒服的。所以我在那里敷衍了一年，终于又辞职了。"

"就在那一年上，我母亲也死了，遗下来给我的只有父亲和她辛辛苦苦积下来的二百多块钱和两个妹妹。为了要照顾妹妹，我不能到外埠去，于是就由一个邻居的介绍，进本城一家洋货铺里当小伙计。据我的经验，商界中人比学界中人和善得多，现在你们不是常常讲应当消灭阶级吗？其实我看唯有知识阶级的人心中最有阶级观念。老施，啊不，我似乎应当说少爷，现在我们在这里谈天，没有旁人看见，我晓得你是决不会觉得很坏的，但是如果你在大路上走过，我以这样一个穿着短衣的种园人的神气遇着了你，又像现在这样地和你谈话起来，你会不觉得脸红吗？你会不觉得憎厌我吗？……我不敢相信！关于这些地方，我现在已经很明白了。你还认识我们小学里同学过的那个张起墀吗？他曾经到江西去做过两年县长，又曾经做过什么局长，现在儿子也已经十岁了。我常常拣顶好的桃子去送给他，因为他肯出好价钱。但是他待我很和善，竭力装出没有官僚习气的样子来，如果我见面不叫一声老爷，我想他一定就会的怫然不悦的，所以我在洋货铺里做了一年多，倒觉得大家真有些平等精神，虽然经理和账房之类有时要发发脾气，但这些都与'出身'没有关系的。后来因为我有了这个桃园的机会，同时又觉得在洋货铺里做伙计薪水实在太少了，所以便辞了出来。……"

他这样滔滔地说着，一直到这里才停止了。这是因为他忽然想起我们的手和嘴都闲着，似乎应当递一个桃子给我们。当我接了桃子撕着皮的时候，我便问：

"从那时起就弄桃园，一直到现在吗？"

"是的。我以为这个真是我的职业。一个做鞋匠的父亲和卖菜的母亲的儿子做种桃园的人，想必不再会被人家奚落了吧。其实我已经吃了读书的亏了，如果我不读书，现在也许已经继续了父亲的职业，很安逸地过日子了。也许我可以毫无难色地做别种职业了。只因为曾经读过书，而且甚至还受过两年中学校教育，所以有许多事情，如种田，做木匠，做理发师等究竟都没有勇气去做了。所以，当听了有人愿意将这个园地出租，而且贡献我以种桃的计划的时候，我立刻就很满意地决定了。我费了三年的苦工，你瞧，我的成绩怎样？现在我完全靠了这满园的桃子过活，但他们决不会轻视我的……"

说着他又讽刺地大笑起来，在地上叩击着他的烟管。我感觉到一阵肃然，他的话实在太锐利了。我好像自己是一个习于邪道的人，而这时面对着的却是一个正气凛然，不可侵犯的君子。我有些害怕他，只装作完全佩服了的神气，频频地点着头，缄默着。

但是，渐渐地，仔细玩味了他的话，一阵无名的悲哀来侵袭了我。我感到这是回家以后第一次地觉醒了我的确已经是中年人了。

从这一次以后，我虽然不能不对于他园里的黄桃之美有所眷恋，但始终没有敢再去过，因为我怕听他再叫我"少爷"。

小桥流水人家

谢冰莹

　　一条清澈见底的小溪，终年潺潺地环绕引导村庄。溪的两边，种着几棵垂柳，那长长的柔软的柳枝，随风飘动着。婀娜的舞姿，是那么美，那么自然。有两三枝特别长的，垂在水面上，画着粼粼的波纹。当水鸟站在它的腰上歌唱时，流水也唱和着，发出悦耳的声音。

　　天旱的时候，这条小溪就会干涸。村民平时靠它来灌溉田园，清洗衣物，点缀风景。有时，它只有细细的流泉，从石头缝里穿过。我和一群六七岁的小朋友，最喜欢扒开石头，寻找小鱼、小虾、小螃蟹，我们并不是捉来吃，而是养在玻璃瓶里玩儿。

一条小小的木桥，横跨在溪上。我喜欢过桥，更高兴把采来的野花丢在桥下，让流水把它们送到远方。

我的家离小桥很近，走路五六分钟就到了。沿着溪岸向东行，还有一座长石桥，那是通到茶山去的。我曾经随着采茶女上山摘过茶叶，我喜欢欣赏茶树下面紫色的野花和黄色的野菌。至今一看到茶树，脑海里立刻会浮现出当时的情景来。

我爱我的老家，那是我出生的地方。我家只有几间矮小的平房，我出生的那间卧室，光线很暗，地面潮湿，但我非常爱它。父亲的书房就在前面，我可以天天去玩。那是一座空气流通、阳光充足、有东南两面大窗的漂亮房子。清晨，可以看到太阳从后山上的树丛里钻出来。夏天，凉爽的清风从南窗里吹进来，太舒服了！更美的是，我由东窗可以望到那条小溪和小桥，还有那几株依依多情的杨柳。

故乡所有的居民都姓谢。村庄有大有小，大的有五六十户人家，小的只有三四家。大家过着"日出而作""日入而息""守望相助"的太平生活。那段日子，深深的印在我的脑海中。那些美好的印像，我一辈子也不会忘记。

端午节

关露

提到端午节这个日子，我总想到我的幼年时期；想到我的幼年时期我回忆到的第一个人便是我的外祖母。

我的外祖母是一位慈祥而爽直的老人。因为我的母亲死去得很早，我跟我的两个姊妹从小就跟随着我的外祖母。由于她晚景的凄凉，她的慈祥的脸上常常显着忧郁，由于她对于我们姊妹的钟爱，当看见我们的时候她的脸上便显出了微笑，但有的时候，她看见我们又想到我的母亲，因此又常常有些晶莹的泪迹埋藏在她微笑的眼睛里。

谈到我的外祖母，特别在这样一个春光已去，夏日刚来的满布着苍绿的时候，我便又回忆起从前的端午节了。

记得有一年，我还是在一个对事物都很模糊的年纪里，我跟我的外祖母住在一个有杨柳和青草的江南的地方。那一天是一个热得可以出汗，但有时又有一点飕飕的凉风的仲夏的日子；我们房子的门上都挂了艾跟菖蒲，堂屋里的桌上堆满了糕饼和粽子。房间里坐了好几位客人，这些客人中有男的也有女的，大都是些我的亲长。当时我觉得非常奇怪，为什么房屋的门口要挂上一些草，那些草不但没有一点香味，而且看上去很不顺眼。客人们为什么来得这样凑巧，并且那几位女客的外表都跟平时不一样，她们的头上戴了花，身上穿着崭新的衣服，甚至于客人们之中的那一位又麻又胖的太太，她的脸上都涂上了一层像石灰一样的厚粉，这层粉的效力竟把她的麻子遮去了一半。正当我在怀疑而感到新奇地观看客人们的脸跟衣服的时候，外祖母也拿了一件又硬又挺的，崭新的花布衣服出来，叫我把身上原有的衣服脱掉，换上她手里的那一件。这时候我才意识到我自己身上的那件衣服的形状，是一件又脏又旧，而且有一只袖子上还烧了一个小洞的衣服。拿我身上的那件衣服跟外祖母手中的相比，自然是喜欢那一件新的，然而我决不愿意穿。因为在那个时候我对于衣服有一种观念，我喜欢有新衣服，而且是多多益善，但是我所要有的新衣服，只是装在属于我的名下的箱子里，有的时候从箱子里拿出来看一看，如果把它穿在我的身上，我便会感觉身体发硬，通身上下都觉着不自由。原因是我以为当我穿了新衣服的时候，一定会有人因注意我而多多地看我，这是会阻碍我的活动自由的一个原因。其次是我觉着身上穿了一件新衣服，便不能随便动作，因为会碰坏了衣裳，为着行动自由，我还是喜欢穿旧的。

"今天是端午节，大家都穿上新衣服了。"经过我拒绝了那件衣服之后，外祖母重新向我伸说。

关于这句话，新衣服的那件事还是不曾打动我，打动我的倒是那"端午节"三个字。这对我是一个新的名词，在那次以前我自来不曾听见过这名词，也许听见过，但是它绝对不曾存留在我的记忆中。就在当时，端午节这名词还是不能使我明白地了解。可是，在听了这名词之后，我对它立刻有了一个模糊的，但是形象化了的观念，这观念是："端午节"便是门上的艾与菖蒲，堂屋里的粽子，房间里的客人，客人中的那位胖麻太太脸上的厚粉，外加一件外祖母在逼迫我穿的那件崭新的花布衫子。

经过外祖母的训说，我的身上终于剥去了那件又脏又旧的有洞的衣裳，换上了那件新而且花的。换过衣裳之后，外祖母又拿出一样有趣而好看的东西，这是一串用五色丝线缠成的小粽子。这粽子不只外面华彩而好看，并且在粽子里面还包了檀香和沉香一类的东西，因此当你看见它好看的色彩的时候，同时也就闻见了袭人的香气。这些粽子的用处，外祖母说是专门给小孩子们挂在身上的，于是我又在那件花布衣裳的外面挂上了那串小花粽子。挂上小花粽子之后，已经是午饭时刻了。客人们都跟我们一起，坐在堂屋里的一张方桌上面，开始我们端午节的午餐。午餐当中有些什么菜蔬，我现在已记不清楚，大概总是一些鱼和肉一类的东西。不过在许多食品之外，我记得一种饮料，这饮料便是我后来在许多别的家庭中的端午日子所常见的，那就是雄黄酒。

　　从那次以后，我记得端午节了。并且年年的端年节总是一样：有客人，粽子，雄黄酒。这样的情景年年继续着，继续了那么多年。但是有一年突然地变了，没有了客人，没有了粽子与雄黄酒，更没有华彩的小丝粽子，乃至于连端午节也没有了，有是有的，是被我忘记了；因为在这一年的春天我的外祖母死去了。

　　现在又正是有着使人出汗的太阳，在太阳下有着飕飕的凉风的日了；又是逼近端午的日子了。现在市面上已经有了粽子，田野里长着菖蒲和野艾，酒店里满注着陈年的香酒，等待着庆祝端午的人们去添置雄黄。但是我的幼年消失了，也不见了陪伴和抚育我幼年的我外祖母！带着昔年的光阴而存在着的，只有一串小丝粽子，这是我的白发的外祖母在她生前的最后一个端午赠给我的。从外祖母死去的那年我就一直保留了这串小丝粽子，我知道在我的一生中是不会再有第二次同样的赠与了。看见小丝粽子，我便追忆起我的外祖母，追忆起我的童年，也追忆起童年时候的端午。

故乡的山梨

李辉英

  一个人谁没有一个故乡呢。对于故乡的留恋，或是说一些回忆，恐怕也全是人人少不下的。

  故乡使你留恋的地方太多了，一座山，一丛林，一条小溪，甚而是一些荒坟，都会给你留下清切的影子；故乡使你回忆的事物也太多了，某个乡绅怎样抽大烟，迈方步，或是团总讨小老婆的故事，还有张家长李家短妇人家往还的言谈，以及少妇思奔，大姑娘突起大肚皮，疯狗咬了善人一些碎事，也全是叫人偶一回忆起来就象些活动影片似地给你轮演一回。说到故乡的特产，那就更叫你关怀了，愈是久离故乡的人，愈是关心不忘故乡的特产，有时管叫你渴想得口水直流，为了思念特产得不到手的原故。

但这种特产，却并非都是名贵的东西，即以食品一类来说，肉包子也许就是特产之一，五香豆腐干也可以算是故乡的一种特产，此种食品，全在于地方风味的宝贵，而且更可以进而以某种特产物品或食品传名外方，叫别人一听到某种物品时，不自觉地就会联想起那出产物品的地方来，譬如南翔的包子，南京鸭肾，福建肉松，莱阳梨等全是。

说到梨，故乡也出产一种梨，因为不是种在人家园子里面自己生长在山上的。所以叫作山梨。这些山梨虽然并不出名，外人很少知的，在当地却是家喻户晓的了。由于这种山梨的生长，很可以推想到故乡偏僻落后的社会情形来，若在繁华的省份，人烟稠密的地方，那是无论如何不会让这些山梨自由生长的，大概不等结到七成熟时，早被别人打光了。留待成熟后再摘下来吃的事情，怕是不会有的。

说起故乡的山梨并不象一般梨子那样甜蜜可口，皮嫩如膏，反之，它倒是一身酸味，皮厚得象一层老布，你们也许很以为怪了，这样的山梨，有什么值得不忘的呢。不，我觉得故乡的山梨特别叫我不忘的地方就是它的酸和粗厚的皮！因为它是和一般梨子迥乎不同的。如果让植物学家来解释的话，山梨的酸味和粗厚的外皮，正可以说是为保护自己的身体安全才长着的，因为山丛之中，杂虫甚多，如果它生得又嫩又甜，怕不待成熟早让虫子们蛆光了。果然，山梨里面很少有生虫子的。

山梨的外皮虽然粗糙异常，但它的内中肉酿却又嫩又甜，比起本地生梨和天津鸭梨要细致多，而且又富有水分，剥了皮，一口就全吃净吮干了。

山梨的酸味是特别值人不忘的，正象你吃了它的酸味后一样，口中久久不散，而留在你的记忆里的酸味尤其是难得的。普通一般人对于甜的感觉得之容易。忘之更快，不比酸的味道，虽不能使人愉快，却足可叫人轻易忘记不掉。在事务方面，我觉得也是这样，得意的事情容易忘记，酸辛的事情倒是时常留在头脑之中不能忘去。

我爱故乡的山梨，特别爱吃它的酸味，因为我每每从它的酸味中，来比拟自身寒酸的境遇；是的，我的生活永远是在酸味中过着的，我没有过一日属于甜味的生活！也许，我此后的日子还是要在酸味中过着的呢。所以，对于故乡的山梨就因此更给我不能忘记的深深的印象了。

故乡的山梨又是上市的时候了，村妇们定又一群一群的提着筐，肩着担子，还有背着口袋的，到人家里去作交易。她们不要钱。只是换些得用的东西。象棉花，布头，绒线一类的物品。这种交易倒跟上古时代"日中市"的"以己之有，易己之无"的情形有些相象，不同的就是没有固定的交易时间罢了。我爱故乡的山梨，但我更忘不掉比山梨还要酸上万倍的故乡人们诉苦无处的非人生活。

狮和龙

林默涵

　　我对弟弟发了一连串的问题，从人物到风俗，以至于家门前的那株石榴树是否还活着？我都问到了。十几年没有回家，我是如何贪婪地想知道家乡的许多事情。我还问到："现在过新年，是否还像过去那般热闹？"

　　弟弟的回答是："不行，一年比一年差，最近几年，连耍龙灯，耍狮子的都很少了！"

　　提起龙灯，狮子，我就想起：当我还是童年的时候，新年是怎样的热闹和有趣。除了有新衣穿，有好东西吃，大人们都一改平时的严厉，变得特别的和颜悦色之外，最使孩子们高兴的，是从元初三到元宵节这一段时间，几乎每天的白天都有耍狮子的，夜里有耍灯的，到我们乡间，向那些祠堂或比较有钱的人家拜年，表演。这不但孩子们爱看，也是乡间的人们一年仅有的娱乐。过了元宵，他们就又要忙起来了。

灯有马灯、龙灯和船灯。最受人欢迎的自然是船灯。这是用各种彩色的花纸扎成的旱船，上面装置了许多灯火，一个艄公在船头，一个少年扮的艄婆在船尾，一边摇船一边唱，还有一个叫做"十班"的乐队，吹箫拉琴的来配和。他们所唱的，自然不是什么高贵的名歌妙曲，但它朴素，诙谐，也间或带点对于世态的嘲讽，在乡下人听来就觉得是蛮有味道了。

马灯是属于"中间"的一类，它没有像船灯那样受人欢迎，却又比龙灯的号召力要大一点。龙灯也是用彩色的花纸扎成的，一个龙头，一个龙尾，中间的身子照例是分为五节或七节，用花布连接起来，就成了一条龙。耍法是由七人或九人各持一节，作游龙飞舞之状。这其实也很要一点本领的，因为每一节上面都点了火，一不小心，就会使纸扎的龙身化为灰烬，而且，各人的动作必须划一，跟着龙头走一条路，假如有谁想另走一条路线，就势必使龙身扯成几段。但它既无歌唱，又没有什么特别的武艺，在乡下人看来，总觉得不够味道，除了爱热闹的孩子们之外，大人们是不大来看的，他们说："有什么好看？那么舞几下，和我们用锄头挖地差不多！"

这就大有瞧不起的意味了。耍龙灯所得的报酬也是特别少，那时照例是十几个铜板就可以打发了。

耍狮子的是在白天来的。找一个广场，在四周围观的人丛中，留出一片空地，就在那里表演起来。一阵锣鼓敲过，出来一个戴着大红脸面具的人和一个戴着猴子面具的人，大红脸是满面滑稽的笑容，猴子是一脸的俏皮相，他们轮流着戏弄那只狮子，打它，骑它，用好吃的东西逗它，却又不让它吃到……那狮子好像是十分的和善温良，一任他们摆布；然而，忽然间，它跳了起来，发怒的向大红脸和猴子追逐，那两个欺软怕硬的家伙，就惊惶的四窜奔逃，走投无路了，最后只好跪在狮子面前，向它叩头求饶。匈牙利诗人裴多菲在他的一首《咏槛狮》的诗中，有这样的句子：

哈，你们能不能仍是这么大胆！
假如它竟毁坏了它的囚槛。
它就狂怒地撕碎你们的肢体，
也不让你们的灵魂到地狱里！

写的就正是这种情形吧。诗人的思想和我们乡下粗人的思想原来是相通的。

耍过狮子，便是武艺的表演了，有拳斗，有真刀真枪的比武，还有，把十几张桌子一层一层的高叠起来，一个年青小伙子在上面表演各种倒立或翻筋斗等惊人的姿态。这是乡下人特别是孩子们最爱看的。看来他们也是"崇拜武力"，而并不怎么喜欢"和平路线"呢，真是没有法子想。

在中国，龙和狮是被普遍的用来做装饰或耍儿的。玩龙灯，耍狮子，几乎随处都有。但我总觉得，龙和狮似乎象征着两种不同的东西。龙是高贵的，它象征的是权势，是威严，是"唯我独尊"的神气。所以，属于皇帝的一切，都要冠上一个"龙"字，住的是龙庭，穿的是龙袍，坐的是龙位，连皇帝的脸孔也叫龙颜。而做官叫做"登龙门"，那就"身价十倍"了。有些富翁的厅堂里，也往往挂着一幅龙图，在迷蒙的烟雾中露出一个龙头或龙脚，使人感到神秘而又缥缈。这是一般的粗人们绝对不能欣赏的。所以，尽管有许多关于龙的传说散布民间，尽管随处可以见到刻的或画的龙，在一般乡下人看来，龙总不是他们自己的东西，那是另一个世界的事物。他们也许不敢得罪龙，但决不从心里去爱龙，它是那样的高贵而又那样的缥缈，只合到权门贵户或衙门庙堂中去做点缀，和穷苦的粗人是格格不入的。有谁在自己的茅棚或泥壁上面塑上或画上一条龙的呢？决没有的，龙是不到这种地方来的。

狮子却不同。它象征的是一种雄厚的力量，一种不屈的精神。这正是属于人民自己的东西。我常常想，中国老百姓为什么那样喜欢狮子，这不会没有原因的。他们正是从狮子身上找到了自己的影子，又借狮子来凝炼的体现了他们自己的精神。看呵，人们以为它和善可欺，捉弄它，摆布它，骑它，打它，等到惹怒了它，它就会"狂怒地撕碎你们的肢体，不让你们的灵魂到地狱里"了！自然，那些权门贵户也想把狮子变成他们的东西，但他们只敢把它放在门口，而且狮子和他们决不同流合污，当焦大把贾府一家的丑事都翻出来的时候，也不能不说门前的一对石狮子是干净的。

假若说龙是象征封建统治者的威产，那末，狮子便是象征人民的力量。然而，龙是缥缈的，而狮子却是实在的。以实在的力量来抗击缥缈的威严，胜利谁属，是不言可知了。

写到这里，原已可以结束。但我又想起了前年在重庆，看到抗战胜利大游行，参加的除了军警和极少数的学生，所谓"民众团体"，实际上是那些代表豪绅势力的什么社什么堂，作为他们的标记的都是一条龙。我当时就想：当这些龙的势力还这么猖狂的时候，胜利是不会真正属于人民的。事实果然如此，为了争取胜利的果实，全国人民又不能不继续进行一个更艰苦的斗争。不过，这是狮子和龙的最后决斗，而胜利属于狮子，是已经决定的了。

北平漫笔

林海音

秋的气味

秋天来了，很自然的想起那条街——西单牌楼。

无论从哪个方向来，到了西单牌楼，秋天，黄昏，先闻见的是街上的气味。炒栗子的香味弥漫在繁盛的行人群中，赶快朝向那熟悉的地方看去，和兰号的伙计正在门前炒栗子。和兰号是卖西点的，炒栗子也并不出名，但是因为它在街的转角上，首当其冲，就不由得就近去买。

来一斤吧！热栗子刚炒出来，要等一等，倒在箩中筛去裹糖汁的砂子。在等待秤包的时候，另有一种清香的味儿从身边飘过，原来眼前街角摆的几个水果摊子上，啊！枣、葡萄、海棠、柿子、梨、石榴……全都上市了。香味多半是梨和葡萄散发出来的。沙营的葡萄，黄而透明，一出两截，水都不流，所以有"冰糖包"的外号。京白梨，细而嫩，一点儿渣儿都没有。"鸭儿广"柔软得赛豆腐。枣是最普通的水果，朗家园是最出名的产地，于是无枣不朗家园了。老虎眼，葫芦枣，酸枣，各有各的形状和味道。"喝了蜜的柿子"要等到冬季，秋天上市的是青皮的脆柿子，脆柿子要高桩儿的才更甜。海棠红着半个脸，石榴笑得露出一排粉红色的牙齿。这些都是秋之果。

抱着一包热栗子和一些水果，从西单向宣武门走去，想着回到家里在窗前的方桌上，就着暮色中的一点光亮，家人围坐着剥食这些好吃的东西的快乐，脚步不由得加快了。身后响起了当当的电车声，五路车快到宣武门的终点了。过了绒线胡同，空气中又传来了烤肉的香味，是安儿胡同口儿上，那间低矮窄狭的烤肉宛上人了。

门前挂着清真的记号，他们是北平许多著名的回教馆中的一个，秋天开始，北平就是回教馆子的天下了。矮而胖的老五，在案子上切牛羊肉，他的哥哥老大，在门口招呼座儿，他的两个身体健康、眼睛明亮、充分表现出口教青年精神的儿子，在一旁帮着和学习着剔肉和切肉的技术。炙子上烟雾弥漫，使原来就不明的灯更暗了些，但是在这间低矮、烟雾的小屋里，却另有一股温暖而亲切的感觉，使人很想进去，站在炙子边举起那两根大筷子。

老五是公平的，所以给人格外亲切的感觉。它原来只是一间包子铺，供卖附近居民和路过的劳动者一些羊肉包子。渐渐的，烤肉出了名，但它并不因此改变对主顾的态度。比如说，他们只有两个炙子，总共也不过能围上一二十人，但是一到黄昏，一批批的客人来了，坐也没地方坐，一时也轮不上吃，老五会告诉客人，再等二十几位，或者三十几位，那么客人就会到西单牌楼去绕个弯儿，再回来就差不多了。没有登记簿，他们却是丝毫不差的记住了前来后到的次序。没有争先，不可能插队，一切听凭考大的安排，他并没有因为来客是坐汽车的或是拉洋车的，而有什么区别，这就是他的公平和亲切。

一边手里切肉一边嘴里算账，是老五的本事，也是艺术。一碗肉，一碟葱，一条黄瓜，他都一一唱着钱数加上去，没有虚报，价钱公道。在那里，房子虽然狭小，却吃得舒服。老五的笑容并不多，但他给你的是诚朴的感觉，在那儿不会有吃得意气这种事发生。

秋天在北方的故都，足以代表季节变换的气味的，就是牛羊肉的膻和炒栗子的香了！

一九六一年十月三十日

男人之禁地

很少——简直没有——看见有男人到那种店铺去买东西的。做的是妇女的生意，可是店里的伙计全是男人。小孩的时候，随着母亲去的是前门外煤市街的那家，离六必居不远，冲天的招牌，写着大大的"花汉冲"的字样，名是香粉店，卖的除了妇女化妆品以外，还有全部女红所需用品。

母亲去了，无非是买这些东西：玻璃盖方盒的月中桂香粉，天蓝色瓶子广生行双妹嘿的雪花膏（我一直记着这个不明字义的一"嘿"字，后来才知道它是译英文商标Mark的广东造字），猪胰子（通常是买给宋妈用的）。到了冬天，就会买几个瓯子油（以蛤蜊壳为容器的油膏），分给孩子们每人一个，有着玩具和化妆品两重意义。此外，母亲还要买一些女红用的东西：十字绣线，绒鞋面，钩针……等等，这些东西男人怎么会去买呢？

母亲不会用两根竹针织毛线，但是她很会用钩针织。她织的最多的是毛线鞋，冬天给我们织墨盒套。绣十字布也是她的拿手，照着那复杂而美丽的十字花样本，数着细小的格子，一针针，一排排的绣下去。有一阵子，家里的枕头套，妈妈的钱袋，妹妹的围嘴儿，全是用十字布绣花的。

随母亲到香粉店的时期过去了，紧接着是自己也去了。女孩子总是离不开绣花线吧！小学三年级，就有缝纫课了。记得当时男生是在一间工作室里上手工课，耍的不是锯子就是锉子；女生是到后面图书室里上缝纫课，第一次用绣线学"拉锁"，红绣线把一块白布拉得抽抽皱皱的，后来我们学做婴儿的蒲包鞋，钉上亮片，滚上细绦子，这些都要到像花汉冲这类的店去买。

花汉冲在女学生的眼里，是嫌老派了些，我们是到绒线胡同的瑞玉兴去买。瑞玉兴是西南城出名的绒线店，三间门面的楼，它的东西摩登些。

我一直是女红的喜爱者，这也许和母亲有关系，她那些书本夹了各色丝线。端午节用丝线缠的粽子，毛线钩的各种鞋帽，使得我浸涵于精巧、色彩、种种缝纫之美里，所以养成了家事中偏爱女红甚于其他的习惯。

在瑞玉兴选择绣线是一种快乐。粗粗的日本绣线最惹人喜爱，不一定要用它，但喜欢买两支带回去。也喜欢选购一些花样儿，用替写纸措在白府绸上，满心要绣一对枕头给自己用，但是五屉柜的抽屉里，总有半途而废的未完成的杰作。手工的制品，不是一朝一夕可以完成的，从一堆碎布，一卷纠缠不清的绣线里，也可以看出一个女孩子有没有恒心和耐性吧！我就是那种没有恒心和耐性的。每一件女红做出来，总是有缺点，比如毛衣的肩头织肥了，枕头的四角缝斜了，手套一大一小，十字布的格子数错了行，对不上花，抽纱的手绢只完成了三面，等等。

但是瑞玉兴却是个难忘的店铺，想到为了配某种颜色的丝线，伙计耐心地从楼上搬来了许多小竹帘卷的丝线，以供挑选，虽然只花两角钱买一小支，他们也会把客人送到门口，那才是没处找的耐心哪！

一九六一年十一月二日

换取灯儿的

"换洋取灯儿啊！"

"换榧子儿呀！"

很多年来，就是个熟悉的叫唤声，它不一定是出自某一个人，叫唤声也各有不同，每天清晨在胡同里，可以看见一个穿着褴褛的老妇，背着一个筐子，举步蹒跚。

冬天的情景，尤其记得清楚，她头上戴着一顶不合体的、哪儿捡来的毛线帽子，手上戴着露出手指头的手套，寒风吹得她流出了一些清鼻涕。生活看来是很艰苦的。

是的，她们原是不必工作就可以食禀粟的人，今天清室没有了，一切荣华优渥的日子都像梦一样永远永远地去了，留下来的是面对着现实的生活！

像换洋取灯的老妇，可以说还是勇于以自己的劳力换取生活的人，她不必费很大的力气和本钱，只要每天早晨背着一个空筐子以及一些火柴、榧子儿、刨花就够了，然后她沿着小胡同这样的叫唤着。

家里的废物：烂纸、破布条、旧鞋……一切可以扔到垃圾堆里的东西，都归宋妈收起来，所以从"换洋取灯儿的"换来的东西也都归宋妈。

一堆烂纸破布，就是宋妈和换洋取灯儿的老妇争执的焦点，甚至连一盒火柴、十颗榧子的生意都讲不成也说不定呢！

丹凤牌的火柴，红头儿，盒外贴着砂纸，一擦就送出火星，一盘也就值一个铜子儿。榧子儿是像桂圆核儿一样的一种植物的实，

246

砸碎它，泡在水里，浸出黏液，凝滞如胶。刨花是薄木片，作用和榧子儿一样，都是旧式妇女梳头时用的，等于今天妇女做发后的"喷胶水"。

这是一笔小而又小的生意，换人家里的最破最烂的小东西，来取得自己最低的生活，王孙没落，可以想见。

而归宋妈的那几颗榧子儿呢，她也当宝贝一样，家里的一烂纸如果多了，她也就会攒了更多的洋火和榧子儿，洋火让人捎回乡下她的家里。榧子儿装在一只妹妹的洋袜子里（另一只一定是破得不能再缝了，换了榧子儿）。

宋妈是个干净利落的人，她每天早晨起来把头梳得又光又亮，抹上了泡好的刨花或榧子儿，胶住了，做一天事也不会散落下来。

火柴的名字，那古老的城里，很多很多年来，都是被称作"洋取灯儿"，好像到了今天，我都没有改过口来。

"换洋取灯儿的"老妇人，大概只有一个命运最好的，很小就听说，四大名旦尚小云的母亲是"换洋取灯儿的"。有一年，尚小云的母亲死了，出殡时沿途许多人围观，我们住在附近，得见这位老妇人的死后哀荣。在舞台上婀娜多姿的尚小云，丧服上是一个连片胡子的脸，街上的人都指点着说，那是一个怎样的孝子，并且说那死者是一个怎样出身的有福的老太太。

在小说里，也读过惟有的一篇描写一个这样女人的恋爱故事，记得是许地山写的《春桃》，希望我没有记错。

一九六一年十一月四日

看华表

不知为什么，每次经过天安门前的华表时，从来不肯放过它，总要看一看。如果正挤在电车（记得吧，三路和五路都打这里经过）里经过，也要从人缝里向车窗外追着看；坐着洋车经过，更要仰起头来，转着脖子，远看，近看，回头看，一直到看不见为止。

假使是在华表前的石板路上散步（多么平坦、宽大、洁净的石板），到了华表前，一定会放慢了步子，流连鉴赏。从华表的下面向上望去，便体会到"一柱擎天"的伟观。啊！无云的碧空，衬着雕琢细致、比例匀称的白玉石的华表，正是自然美和人工美的伟大的结合。她的背后衬的是朱红色的天安门的墙，这一幅图，布局的美丽，颜色的鲜明，印在脑中，是不会消失的。

有趣的是，夏天的黄昏，华表下面的石座上，成为纳凉人的最理想的地方。石座光滑洁净，坐上去，想必是凉森森的十分舒服。地方高敞，赏鉴过往漂亮的男女（许多是去游附近的中山公园），像在体育场的贵宾席上一样。华表旁，有一排马樱花，它的甜香随着清风扑鼻而来，更是一种享受。

我爱看华表，和它的所在地也很有关系，因为天安门不但是北平（北京）的市中心，而且正是通往东西南城的要行。往返东西城时，到了天安门就会感觉到离目的地不远了。往南去前门，正好从华表左面不远转向公安街去。庄严美丽的华表站在这里，正像是一座里程碑，它告诉你，无论到什么地方，都不远了。

说它是里程碑，也许不算错，古时的华表，原是木制的，它又名表木，是以表王者纳谏，亦以表识衢路，正是一个有意义的象征啊！

一九六一年十一月五日

蓝布褂儿

竹布褂儿，黑裙子，北平的女学生。

一位在南方生长的画家，有一年初次到北平。住了几天之后，他说，在上海住了这许多年，画了这许多年，他不喜欢一切蓝颜色的布。但是这次到了北平，竟一下子改变了他的看法，蓝色的布是那么可爱，北平满街骑车的女学生，穿了各种蓝色的制服，是那么可爱！

刚一上中学时，最高兴的是换上了中学女生的制服，夏天的竹布褂，是月白色——极浅极浅的蓝，烫得平平整整；下面是一条短齐膝盖头的印席绸的黑裙子，长统麻纱袜子，配上一双刷得一干二净的篮球鞋。用的不是手提的书包，而是把一叠书用一条捆书带捆起来。短头发，斜分，少的一边撩在耳朵后，多的一边让它半垂在鬓边，快盖住半只眼睛了。三五成群，或骑车或走路。哪条街上有个女子中学，那条街就显得活泼和快乐，那是女学生的青春气息烘托出来的。

北平女学生冬天穿长棉袍，外面要罩一件蓝布大褂，这回是深蓝色。谁穿新大褂每人要过来打三下，这是规矩。但是那洗得起了

249

白值儿的旧衣服也很好，因为它们是老伙伴，穿着也合身。记得要上体育课的日子吗？棉袍下面露出半截白色剔绒的长运动裤来，实在是很难看，但是因为人人这么穿，也就不觉得丑了。

阴丹士林布出世以后，女学生更是如狂的喜爱它。阴丹士林本是人造染料的一种名称，原有各种颜色，但是人们嘴里常常说的"阴丹士林色"多是指的青蓝色。

它的颜色比其他布，更为鲜亮，穿一件阴丹士林大褂，令人觉得特别干净，平整。

比深蓝浅些的"毛蓝"色，我最喜欢，夏秋或春夏之交，总是穿这个颜色的。

事实上，蓝布是淳朴的北方服装特色。在北平住的人，不分年龄、性别、职业、阶级，一年四季每人都有几件蓝布服装。爷爷穿着缎面的灰鼠皮袍，外面罩着蓝布大褂；妈妈的绸里绸面的丝棉袍外面，罩的是蓝布大褂；店铺柜台里的掌柜的，穿的布棉袍外面，罩的也是蓝布大褂，头上还扣着瓜皮小帽；教授穿的蓝布大褂的大襟上，多插了一支自来水笔，头上是藏青色法国小帽，学术气氛！

阴丹士林布做成的衣服，洗几次之后，缝线就变成很明显的白色了，那是因为阴丹士林布不褪色而线褪色的缘故。这可以证明衣料确是阴丹士林布，但却不知为什么一直没有阴丹士林线，忽然想起守着窗前方桌上缝衣服的大姑娘来了。一次订婚失败而终身未嫁的大姑娘，便以给人缝衣服，靠微薄的收入，养活自己和母亲。

我们家姊妹多，到了秋深添制衣服的时候，妈妈总是买来大量的阴丹士林布，宋妈和妈妈两人做不来，总要叫我去把大姑娘找来。到了大姑娘家，大姑娘正守着窗儿缝衣服，她的老妈妈驼着背，咳嗽着，在屋里的小煤球炉上烙饼呢！

大姑娘到了我家里，总要呆一下午，妈妈和她商量裁剪，因为孩子们是一年年地长高了。然后她抱着一大包裁好了的衣服回去赶做。

那年离开北平经过上海，住在娴的家里等船。有一天上街买东西，我习惯地穿着蓝布大褂，但是她却教我换一件呢旗袍，因为穿了蓝布大褂上街买东西，会受店员歧视。在"只认衣裳不认人"的"洋场"，"自取其辱"是没人同情的啊！

一九六一年十一月八日

排队的小演员

听复兴剧校叶复润的戏，身旁有人告诉我，当年富连成科班里也找不出一个像叶复润这样小年纪，便有这样成就的小老生。听说叶复润只有十四足岁，但无论是唱工还是做派，都超越了一般"小孩戏剧家"的成绩。但是在那一群孩子里，他却特别显得瘦弱，娇小。固然唱老生的外形要"清瘦"才有味道，但是对于一个正在发育期的小孩子，毕竟是不健康的。剧校当局是不是注意到每一个发育期的孩子的健康呢？

这使我不由得想起当年家住在虎坊桥大街上的情景。

虎坊桥大街是南城一条重要的大街，尤其在迁都南京前的北京，它更是通往许多繁荣地区的必经之路。幼年幸运的曾在这条街上住了几年，也是家里最热闹的时期。这条大街上有小学、会馆、理发馆、药铺、棺材铺、印书馆，还有一个造就了无数平剧人才的富连成科班。

　　富连成只在我家对面再往西几步的一个大门里。每天晚饭前后的时候，他们要到前门外的广和楼去唱戏。坐科的孩子按矮高排队，领头儿的是位最高的大师兄，他是个唱花脸的，头上剃着月亮门儿。夏天，他们都穿着月白竹布大褂儿，老肥老肥的，袖子大概要比手长出半尺多。天冷加上件黑马褂儿，仍然是老肥老肥的，袖子比手长出半尺多！

　　他们出了大门向东走几步，就该穿过马路，而正好就经过我家门前。看起来，一个个是呆板的、迟钝的、麻木的，谁又想到他们到了台上就能演出那样灵活、美丽、勇武的角色呢！

　　那时的富连成在广和楼演出，这是一家女性不能进去的戏院，而我那时跟着大人们听戏的区域是城南游艺园，或者开明戏院，第一舞台。很早就对于富连成有印象，实在是看他们每天由我家门前经过的关系。等到后来富连成风靡了北平的男女学生，我也不免想到，在那一队我幼年所见到的可怜的孩子群里，不就有李盛藻吗？刘盛莲吗？杨盛春吗？

　　富连成是以严厉出名的，但是等到以新式学校制度的戏曲学校出现以后，富连成虽仍以旧式教育出名，但是有些地方也不能不改进了。戏曲学校用大汽车接送学生到戏院以后，富连成的排队步行也就不复再见。否则的话，学生戏迷们岂不要每天跟着他们的队伍到戏院去？

而我们那时也搬离开虎坊桥，城南游艺园成了屠宰场，我们听戏的区域也转移到哈尔飞、吉祥，以及长安和新新等戏院了。

一九六一年十一月九日

陈谷子、烂芝麻

如姐来了电话，她笑说："怎么，又写北平哪！陈谷子，烂芝麻全掏出来啦！连换洋取灯儿的都写呀！除了我，别人看吗？"

我漫写北平，是因为多么想念她，写一写我对那地方的情感，情感发泄在格子稿纸上，苦思的心情就会好些。它不是写要负责的考据或掌故，因此我敢"大胆的假设"。比如我说花汉冲在煤市街，就有细心的读者给了我"小心的求证"，他画了一张地图，红蓝分明的指示给我说，花汉冲是在煤市街隔一条街的珠宝市，并且画了花汉冲的左邻谦祥益布店，右邻九华金店。如姐，谁说没有读者呢？不过读者并不是欣赏我的小文，而是借此也勾起他们的乡思罢了！

很巧的，我向一位老先生请教一些北平的事情时，他回信来说："……早知道这些陈谷子、烂芝麻是有用的话，那咱们多带几本这一类的图书，该是多么好呢？"

原来我所写的，数来数去，全是陈谷子、烂芝麻呀！但是我是多么喜欢这些呢！陈谷子、烂芝麻，是北平人说话的形容语汇，比如闲话家常，提起早年旧事，最后总不免要说："唉！左不是陈谷子、烂芝麻！"言其陈旧和琐碎。真正北平味道的谈话，加入一些现成的形容语汇，非常合适和俏皮，这是北平话除了发音正确以外的一个特点，我最喜欢听。想象那形容的巧妙，真是可爱，这种形容语汇，很多是用"歇后语"说出来，但是像"陈谷子、烂芝麻"便是直接的形容语，不用歇后语的。

　　做事故意拖延迟滞，北平人用"蹭棱子"来形容，蹭是磨擦，棱是物之棱角。比如妈妈嘱咐孩子去做一件事，孩子不愿意去，却不明说，只是拖延，妈妈看出来了，就可以责备说："你倒是去不去？别在这儿尽跟我蹭棱子！"或者做事痛快的某甲对某乙说："要去咱们就痛痛快快儿的去，我可不喜欢蹭棱子！"

　　听一个说话没有条理的人述说一件事的时候，他反复地说来说去时，便想起这句北平话：

　　"车轱辘话——来回的说。"

　　轱辘是车轮。那车轮压来压去，地上显出重复的痕迹，一个人说话翻来覆去，不正是那个样子吗？但是它也运用在形容一个人在某甲和某乙间说一件事，口气反复不明。如："您瞧，他跟您那么说，跟我可这么说！反正车轱辘话，来回说吧！"负债很多的人，北平人喜欢这样形容："我该了一屁股两肋的债呀！"我每逢听到这样形容时，便想象那人债务缠身的痛苦和他焦急的样子。一屁股两肋，不知会说俏皮话儿的北平人是怎么琢磨出来的，而为什么这样形容时，就会使人想到债务之多呢？

一九六一年十一月十四日

文津街

常自夸说，在北平，我闭着眼都能走回家，其实，手边没有一张北平市区图，有些原来熟悉的街道和胡同，竟也连不起来了。只是走过那些街道所引起的情绪，却是不容易忘记的。就说，冬日雪后初晴，路过驾在北海和中海的金鳌玉𬟽桥吧，看雪盖满在桥两边的冰面上，一片白，闪着太阳的微微的金光，漪澜堂到五龙亭的冰面上，正有人穿着冰鞋滑过去，飘逸优美的姿态，年轻同伴的朝气和快乐，觉得虽在冬日，也因这幅雪漫冰面的风景，不由得引发起我活跃的心情，赶快回家去，取了冰鞋也来滑一会儿！

在北平的市街里，很喜欢傍着旧紫禁城一带的地方，蔚蓝晴朗的天空下，看朱红的墙；因为唯有在这一带才看得见。家住在南长街的几年，出门时无论是要到东、西、南、北城去，都会看见这样朱红的墙。要到东北的方向去，洋车就会经过北长街转向东去，到了文津街了，故宫的后门，对着景山的前门，是一条皇宫的街，总是静静的，没有车马喧哗，引发起的是思古之幽情。

景山俗称煤山，是在神武门外旧宫城的背面，很少人到这里来逛，人们都涌到附近的北海去了。就像在中山公园隔壁的太庙一样，黄昏时，人们都挤进中山公园乘凉，太庙冷清清的；只有几个不嫌寂寞的人，才到太庙的参天古松下品茗，或者静默的观看那几只灰鹤（人们都挤在中山公园里看孔雀开屏了）。

景山也实在没有什么可"逛"的，山有五峰，峰各有亭，站在中峰上，可以看故宫平面图，倒是有趣的，古建筑很整齐庄严，四个角楼，静静的站在暮霭中，皇帝没有了，他的卧室，他的书房，他的一切，凭块儿八毛的门票就可以一览无遗了。

做小学生的时候，高年级的旅行，可以远到西山人大处，低年级的就在城里转，景山是目标之一，很小很小的时候，就年年一次排队到景山去，站在刚上山坡的那棵不算高大的树下，听老师讲解：一个明朝末年的皇帝——思宗，他殉国死在这棵树上。怎么死的？上吊。啊！一个皇帝上吊了！小学生把这件事紧紧地记在心中。

后来每逢过文津街，便兴起那思古的幽情，恐怕和幼小心灵中所刻印下来的那几次历史凭吊，很有关系吧！

一九六一年十一月二十日

挤老米

读了朱介凡先生的"晒暖"，说到北方话的"晒老爷儿""挤老米"，又使我回了一次冬日北方的童年。

冬天在北方，并不一定是冷得让人就想在屋里烤火炉。天晴，早上的太阳光晒到墙边，再普照大地，不由得就想离开火炉，还是去接受大自然所给予的温暖吧！

通常是墙角边摆着几个小板凳，坐着弟弟妹妹们，穿着外罩蓝布大褂的棉袍，打着皮包头的毛窝，宋妈在哄他们玩儿。她手里不闲着，不是搓麻绳纳鞋底（想起她那针锥子要扎进鞋底子以前，先在头发里划两下的姿态来了），就是缝骆驼鞍儿的鞋帮子。不知怎么，在北方，妇女有做不完的针线活儿，无分冬夏。

离开了北平，无论到什么地方，都莫辨东西，因为我习惯的是古老方正的北平城，她的方向正确，老爷儿（就是太阳）早上是正正地从每家的西墙照起，玻璃窗四边，还有一圈窗户格，糊的是东昌纸，太阳的光线和暖意都可以透进屋里来。在满窗朝日的方桌前，看着妈妈照镜子梳头，把刨花的胶液用小刷子抿到她的光洁的头发上。小几上的水仙花也被太阳照到了。它就要在年前年后开放的。长方形的水仙花盆里，水中透出雨花台的各色晶莹的彩石来。或者，喜欢摆弄植物的爸爸，他在冬日，用一只清洁的浅磁盆，铺上一层棉花和水，撒上一些麦粒，每天在阳光照射下，看它渐渐发芽苗长，生出翠绿秀丽的青苗来，也是冬日屋中玩赏的乐趣。

孩子们的生活当然大部分是在学校。小学生很少烤火炉（中学女学生最爱烤火炉），下课休息十分钟都跑到教室外，操场上。男孩子便成群地涌到有太阳照着的墙边去挤老米，他们挤来挤去，嘴里大声喊着：

挤呀！挤呀！

挤老米呀！

挤出屎来喂喂你呀！

这样又粗又脏的话，女孩子是不肯随便乱喊的。

直到上课铃响了，大家才从墙边撤退，他们已经是浑身暖和，不但一点寒意没有了，摘下来毛线帽子，光头上也许还冒着白色的热气儿呢！

一九六一年十二月八日

卖冻儿

如果说北平样样我都喜欢，并不尽然。在这冬寒天气，不由得想起了很早便进入我的记忆中的一种人物，因为这种人物并非偶然见到的，而是很久以来就有的，便是北平的一些乞丐。

回忆应当是些美好的事情，乞丐未免令人扫兴，然而它毕竟是在我生活中所常见到的人物，也因为那些人物，曾给了我某些想法。

记得有一篇西洋小说，描写一个贫苦的小孩子，因为母亲害病不能工作，他便出来乞讨，当他向过路人讲出原委的时候，路人不信，他便带着人到他家里去看看，路人一见果然母病在床，便慷慨解囊了。小孩子的母亲从此便"弄真成假"，天天假病在床，叫小孩子到路上去带人回来一参观。这是以小孩和病来骗取人类同情心的故事。这种事情什么时候，什么地方都可以发生的，像在台北街头，妇人教小孩缠住路人买奖券，便是类似的作风。这些使我想起北平一种名为"卖冻儿"的乞丐。

冬寒腊月，天气冷得泼水成冰，"卖冻儿"的（都是男乞丐）出世了，蓬着头发，一脸一身的滋泥儿，光着两条腿，在膝盖的地方，捆上一圈戏报子纸。身上也一样，光着脊梁，裹着一层戏报子

258

纸，外面再披上一两块破麻包。然后，缩着脖子，哆哩哆嗦的，牙打着战儿，逢人伸出手来乞讨。以寒冷天衣来博取人的同情与施舍。

然而在记忆中，我从小便害怕看那样子，不但不能引起我的同情，反而是憎恶。这种乞丐便名为"卖冻儿"。

最讨厌的是宋妈，我如果爱美不肯多穿衣服，她便要讽刺我：

"你这是干吗？卖冻儿呀？还不穿衣服去！"

"卖冻儿"由于一种乞丐的类型，而成了一句北平通用的俏皮话儿了。

卖冻儿的身上裹的戏报子纸，都是从公共广告牌上揭下来的，各戏院子的戏报子，通常都是用白纸红绿墨写成的，每天贴上一张，过些日子，也相当厚了，揭下来，裹在腿上身上，据说也有保温作用。

至于拿着一把破布掸子在人身上乱掸一阵的乞妇，名"掸孙儿"；以砖击胸行乞的，名为"擂砖"，这等等类型乞丐，我记忆虽清晰，可也是属于陈谷子烂芝麻，说多了未免令人扫兴，还是不去回忆他们吧！

一九六一年十二月九日

台上、台下

礼拜六的下午，我常常被大人带到城南游艺园去。门票只要两毛（我是挤在大人的腋下进去的，不要票）。进去就可以有无数的玩处，唱京戏的大戏场，当然是最主要的，可是那里的文明戏，也一样的使我发生兴趣，小鸣钟，张笑影的"锯碗丁""春阿氏"，都是我喜爱看的戏。

文明戏场的对面，仿佛就是魔术场，看着穿燕尾服的变戏法儿的，随着音乐的旋律走着一蹶一跳前进后退的特殊台步，一面从空空的大礼帽中掏出那么多的东西：花手绢，万国旗，面包，活兔子，金鱼缸，这时乐声大奏，掌声四起，在我小小心灵中，只感到无限的愉悦！觉得世界真可爱，无中生有的东西这么多！

我从小就是一个喜欢找新鲜刺激的孩子，喜欢在平凡的事物中给自己找一些思想的娱乐，所以，在那样大的一个城南游艺园里，不光是听听戏，社会众生相，也都可以在这天地里看到：美丽、享受、欺骗、势利、罪恶……但是在一个无忧无虑的小女孩的观感中，她又能体会到什么呢？

有些事物，在我的记忆中，是清晰得如在目前一样，在大戏场的木板屏风后面的角落里，茶房正从一大盆滚烫的开水里，拧起一大把毛巾，送到客座上来。当戏台上是不重要的过场时，茶房便要表演"扔手巾把儿"的绝技了，楼下的茶房，站在观众群中惹人注目的地位，把一大捆热手巾，忽下子，扔给楼上的茶房，或者是由后座扔到前座去，客人擦过脸收集了再扔下来，扔回去。这样扔来扔去，万无一失，也能博得满堂喝彩，观众中会冒出一嗓子："好手巾把儿！"

但是观众与茶房之间的纠纷，恐怕每天每场都不可免，而且也真乱哄。当那位女茶房硬把果碟摆上来，而我们硬不要的时候，真是一场无味的争执。茶房看见客人带了小孩子，更不肯把果碟拿走了。可不是，我轻轻的，偷偷的，把一颗糖花生放进嘴吃，再来一颗，再来一颗，再来一颗，等到大人发现时，去了大半碟儿了，这时不买也得买了。

茶，在这种场合里也很要紧。要了一壶茶的大老爷，可神气了，总得发发威风，茶壶盖儿敲得呱呱山响，为的是茶房来迟了，大爷没热茶喝，回头怎么捧角儿喊好儿呢！包厢里的老爷们发起脾气来更有劲儿，他们把茶壶扔飞出去，茶房还得过来赔不是。那时的社会，卑贱与尊贵，是强烈的对比着。

在那样的环境里：台上锣鼓喧天，上场门和下场门都站满了不相干的人，饮场的，检场的，打煤气灯的，换广告的，在演员中穿来穿去。台下则是烟雾弥漫，扔手巾把儿的，要茶钱的，卖玉兰花的，飞茶壶的，怪声叫好的，呼儿唤女的，乱成一片。我却在这乱哄哄的场面下，悠然自得。我觉得在我的周围，是这么热闹，这么自由自在。

一九六一年十二月十五日

一张地图

瑞君、亦穆夫妇老远地跑来了，一进门瑞君就快乐而兴奋地说：

"猜，给你带什么来了？"

一边说着，她打开了手提包。

我无从猜起，她已经把一叠纸拿出来了：

"喏！"她递给了我。

打开来，啊！一张崭新的北平全图！

"希望你看了图，能把文津街，景山前街连起来，把东西南北方向也弄清楚。"

"已经有细心的读者告诉我了，"我惭愧（但这个惭愧是快乐的）地说，"并且使我在回忆中去了一次北平图书馆和北海前面的团城。"

在灯下，我们几个头便挤在这张地图上，指着，说着。熟悉的地方，无边的回忆。

"喏，"瑞妹说，"曾在黄化门住很多年，北城的地理我才熟。"

于是她说起黄化门离帘子库很近，她每天上学坐洋车，都是坐停在帘子库的老尹的洋车。老尹当初是前清帘子库的总管，现在可在帘子库门口拉洋车。她们坐他的车，总喜欢问他哪一个门是当初的帘子库，皇宫里每年要用多少帘子？怎么个收藏法？他也得意地说给她们听，温习着他那些一去不回的老日子。

在北平，残留下来的这样的人物和故事，不知有多少。我也想起在我曾工作过的大学里的一个人物。校园后的花房里，住着一个"花儿把式"（新名词：园丁。说俗点儿：花儿匠），他镇日与花为伍，花是他的生命。据说他原是清皇室的一位公子哥儿，生平就爱养花，不想民国后，面对现实生活，他落魄得没办法，最后在大学里找到一个园丁的工作，总算是花儿给了他求生的路子，虽说惨，却也有些诗意。

整个晚上，我们凭着一张地图都在说北平。客人走后，家人睡了，我又独自展开了地图，细细地看着每条街，每条胡同，回忆是无法记出详细年月的，常常会由一条小胡同，一个不相干的感触，把思路牵回到自己的童年，想起我的住室，我的小床，我的玩具和伴侣……一环跟着一环，故事既无关系，年月也不衔接，思想就是这么个奇妙的东西。

第二天晏起了，原来就容易发疼的眼睛，因为看太久那细小的地图上的字，就更疼了！

一九六一年十二月二十五日

图书在版编目（CIP）数据

传世散文经典：乡关何处 / 鲁迅等著；郭雨选编 . —北京：
中国华侨出版社，2016.1 （2021.2重印）

ISBN 978-7-5113-5961-2

Ⅰ. ①传… Ⅱ. ①鲁… ②郭… Ⅲ. ①散文集 – 中国 – 现代
Ⅳ. ① I266

中国版本图书馆 CIP 数据核字（2016）第 026487 号

传世散文经典：乡关何处

著　　　者 / 鲁迅 等著；郭雨 选编

责任编辑 / 文　蕾

责任校对 / 孙　丽

经　　　销 / 新华书店

开　　　本 / 670 毫米 ×960 毫米　1/16　印张 /17　字数 /200 千字

印　　　刷 / 三河市嵩川印刷有限公司

版　　　次 / 2016年7月第1版　2021年2月第2次印刷

书　　　号 / ISBN 978-7-5113-5961-2

定　　　价 / 48.00 元

中国华侨出版社　北京市朝阳区静安里 26 号通成达大厦 3 层　邮编：100028

法律顾问：陈鹰律师事务所

编辑部：（010）64443056　　64443979

发行部：（010）64443051　　传真：（010）64439708

网址：www.oveaschin.com

E-mail：oveaschin@sina.com